그 맛을 따라 할 순 없어도

엄마가 그리울 때 차려내는
리카의 동백꽃 밥상

그 맛을 따라 할 순 없어도

엄마가 그리울 때 차려내는
리카의 동백꽃 밥상

리카 지음

남해의봄날

엄마를 찾아
떠난 봄

2021년 1월 어느 겨울날, 엄마가 돌아가셨습니다. 엄마를 떠나보내고 슬픔을 채 추스르지 못한 채 남쪽으로 향했습니다.

저는 요리 연구가이자 푸드 스타일리스트로 한국에서 10년 넘게 일하고 있습니다. 푸드 컨설팅 의뢰를 받고 찾은 남쪽 바다는 아직 겨울인데도 푸근함이 느껴지고, 붉은 동백이 탐스럽게 피어났습니다. 이곳 '통영'은 엄마의 고향입니다.

엄마는 통영에서 태어나 자라셨습니다. 1960년경에 엄마가 서울의 대학교에 진학하며 외갓집 식구들 모두 서울로 이사했습니다. 그래서 제 기억 속 외가는 서울이었고, 통영은 어른들의 이야기에만 나오는 미지의 장소였습니다.

고향을 떠나 서울에서 보낸 긴 세월 동안 통영에 거의 가지 못했던 엄마가 가끔씩 그리움 가득한 눈빛으로 말씀하시던 게 생각납니다.

"통영은 정말 아름다운 곳이야."

통영 토박이 외갓집과 달리 저는 강남 토박이입니다. 다른 지역에 거의 가 본 적이 없고, 갈 생각도 없었습니다. 성인이 되고 나서는 일본, 캐나다, 미국, 싱가포르 등 해외 생활을 오래 했고, 15여 년 전 한국으로 돌아와서는 방송, 강의, 외식 컨설팅, 메뉴 개발, 연예인의 요리 선생님까지, 다양한 일에 매진하느라 다른 것에 눈을 돌릴 틈이 없었습니다. 엄마가 돌아가시고 나서야 처음으로 우연히 찾은 통영에서 놀라운 세상을 경험했습니다.

통영에 도착한 순간 도시와는 다른 자연이 먼저 제게 말을 걸었습니다. 초록 산과 들에서는 새소리가 선명하게 들리고, 햇살을 받아 반짝반짝 금가루를 뿌린 듯 빛나는 바다. 마음을 차분하게 하는 잔잔한 파도 소리.

통영 속으로 한 발짝 깊이 들어가니, 겨울인데도 삭막하기는커녕 풍부한 제철 먹거리가 저를 반겼습니다. 펄떡펄떡 살아 있는 바다 생선과 탱글탱글한 굴, 파릇파릇한 생파래와 윤기 나고 매끈한 생김, 아직 여린 봄나물. 입에 넣어 보니 서울에서 먹던 것과는 비교가 되지 않았습니다.

'이게 원래 이런 맛이었나?'

다시 찬찬히 맛을 보니 잊고 있던 맛이 떠올랐습니다.

보통 소고기를 넣어 미역국을 끓이는 다른 집과 달리 엄마는 홍합이나 조개, 도다리를 넣었습니다. 반찬으로는 생선을 자주 구웠고, 식초를 넣어 새콤달콤한 파래무침도 잘 만들었습니다. 겨울에는 김치를 넣어 굴국을 시원하게 끓였습니다.

통영 시장에서 발견한 식재료에는 엄마의 손맛이, 통영에서 처음

마주한 낯선 풍경에는 엄마와의 추억이 녹아 있었습니다.

어느 식당에 들어가서 먹은 백반의 밑반찬에서 마치 엄마의 밥을 먹는 듯한 그리움을 느꼈습니다. 젓갈을 많이 넣은 김치 맛도, 생선구이에 나물과 멸치볶음, 싱싱하면서도 부드러운 초록 파래무침, 식당 이모들과 나누는 대화 속 사투리까지, 모든 게 친숙했습니다. 외가 식구들에게 늘 듣던 말투니까요. 통영 어디를 가나 마음이 따뜻해졌습니다.

문득 이런 생각이 들었습니다.

'엄마가 나를 여기로 보내셨구나.'

숨바꼭질하듯 통영의 자연에서, 골목에서, 음식에서 엄마를 찾아내기를, 그 시간이 슬픔보다 즐거움과 설렘으로 가득하기를 바라시며 저를 통영으로 이끈 것은 아닐까요.

통영에서 맛있는 도다리쑥국, 멍게비빔밥을 먹으면서 행복에 겨운 한편 '엄마도 한입 드셨다면, 진작에 엄마와 함께 통영에 왔다면 얼마나 좋았을까' 하는 생각에 왈칵 눈물이 쏟아져 목이 메는 순간이 많았습니다.

그러나 후회와 슬픔 못지않게 통영은 저를 설레게 했습니다. 엄마의 추억 속 장소를 찾아보는 건 그 어떤 여행보다 즐겁고 행복했습니다. 발 닿는 장소마다 새롭고 아름다웠습니다. 그리고 숨 가쁘게 달려온 삶을 돌아보게 되었습니다. 도시를 벗어나 자연 속에서 찬찬히 지난날을 떠올렸습니다. 행복했던 어린 시절과 다정했던 부모님, 해외에서 아들을 키우던 젊은 시절과 새삼 잊고 있던 추억이 하나둘 떠올랐습니다. 가족에게 받은 사랑과 제가 베풀어야 할 사랑은 저 자신을 다독이고 다시 힘을 내게 하는 계기가 되었습니다.

저를 가장 아끼고 사랑해 주는 사람을 잃은 겨울날. 흐드러지게 핀 동백과 햇살을 받아 반짝이는 아름다운 통영의 푸른 바다가 저를 감싸안아 주었습니다. 이윽고 통영에서 맞이한 봄날은 가슴 시리도록 아름답고 소중한 시간이었습니다.

차례

엄마는 바다 내음 나는 음식을

좋아했습니다

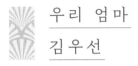

우리 엄마
김우선

요리 연구가로 일하는 저에게 사람들은 으레 이런 질문을 합니다.

"어머니도 요리 솜씨가 좋으셨나 봐요."

흔히 딸은 엄마 손맛을 닮는다고 말하곤 합니다. 김치 몇 가지에 제철 장아찌 정도야 거뜬히 담고, 된장에 간장, 고추장까지 집에서 뚝딱 만드는 손맛 좋은 어머니가 많습니다. 그런 어머니를 보고 자란 딸도 솜씨가 좋으리라고 기대합니다. 그래서 그런 질문을 들을 때마다 난처한 표정으로 대답하곤 합니다.

"저희 엄마는 요리 솜씨가 특출난 분은 아니었어요."

그렇지만 엄마가 차려 주신 밥상은 늘 따뜻했던 기억이 납니다. 아이 셋을 키우고 먹이느라 엄마는 부엌에서 항상 분주했습니다. 한정식 식당에 간 것처럼 풍성하고 다양한 음식으로 한 상을 차리던 외할머니나 큰이모, 막내 이모와 다르게 엄마가 차려 주신 밥상은 노각이나 꽈리고추무침, 숙주나물, 무나물 같은 나물 반찬으로 이루어져 소박했습니다. 그렇지만 이 소탈하면서도 재료 본연의 맛을 느낄 수 있는 밥상이 유독 기억에 남습니다. 별것 없어 보이는 음식 하나에도 엄마의 사랑이 담긴다는 걸 나이가 들고 아이를 낳아 키우면서 절실히 실감하게 되었기 때문일까요. 전 세계의 맛있고 색다른 음식을 많이 먹어 보았지만 시간이 흐를수록 더 그리운 건 엄마의 음식입니다.

맛이나 향, 온기 같은 것이 기억에 남아 있지만, 그중에서도 엄마만의 예쁜 상차림이 유독 뚜렷이 기억납니다. 나물 담는 그릇은 소박하고 깔끔해서 음식과 겉돌지 않았고, 빛을 받으면 반짝이는 크리스털 컵에 담은 포도 주스는 맛과 색이 돋보였습니다.

엄마는 굳이 말하자면 요리 솜씨보다는 미적 감각이며 예술적 감각이 뛰어난 분이었습니다. 옷 입는 센스도 좋아서 젊은 시절 엄마 사진을 보면 세월이 무색하게 세련된 차림에 감탄합니다. 옷의 디자인이

며 구두, 액세서리 같은 소품의 조화까지, 엄마에게 잘 어울리는 걸로만 차려입으셔서 어릴 때부터 엄마가 참 멋있다고 생각했습니다.

엄마는 손재주가 좋아 자수를 놓거나 바느질로 소품을 잘 만드셨습니다. 뜨개질도 잘하셔서 어렸을 때 목도리, 스웨터, 장갑도 곧잘 만들어 주시곤 했습니다. 스승의 날에 선물한다며 밤새 작은 손가방을 만드시기도 했습니다. 엄마는 감색 털실로 짠 스웨터, 귀마개와 장갑에 붉은색 동백꽃을 예쁘게 달아 주셨습니다. 여동생과 세트로 입고 학교에 갈 때면 모든 사람이 저와 동생을 쳐다보는 것만 같아 어깨가 으쓱했습니다. 그 영향일까요. 요리 솜씨가 아니라 미적 센스와 손재주를 이어받은 저는 대학에서 의상 디자인을 전공했습니다.

이외에도 엄마가 클래식 음악을 듣거나 책을 읽으시던 모습이 눈에 떠오릅니다.

"너네 엄만 맨날 책만 읽고 있었어."

이모들이 한목소리로 말할 만큼 엄마는 책을 좋아했습니다. 음악회나 미술 전시회 가는 것도 좋아하셨는데, 더 많이 모시고 가지 못한 것 같아 죄송스럽습니다.

속상해서 밥도 드시지 않던 어느 날의 엄마 모습이 떠오릅니다. 아름다운 고향 통영을 떠나 서울에 올라와 남편과 세 아이를 위해 버텨 낸 삶. 그 시절 저는 너무 어려서 몰랐지만 지금은 엄마의 마음을 충분히 이해합니다.

'마음이 답답하고 속상한 날은 훌쩍 통영으로 가서 바다라도 보고 오지 그랬어, 엄마.'

엄마가 돌아가시고 나서야 깨닫는 게 정말 많습니다.

도시의 답답함을 떠나 가슴이 뻥 뚫릴 듯 시원한 통영 바닷바람을 쐬며 엄마에게 못다 한 말을 건넵니다.

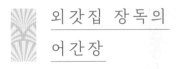

외갓집 장독의
어간장

30개 정도 되는 돌계단을 올라가면 초록색 담쟁이덩굴에 덮인 빨간 벽돌담 기와집이 나옵니다. 큰 마당 안에는 장독대와 감나무, 무화과 나무가 있고, 햇빛이 잘 들어오는 넓은 대청마루 너머로 아기자기 놓인 나전 가구들이 보입니다.

통영시 태평동 35번지. 저희 외갓집의 옛 주소입니다. 부근에 조선시대 상평통보를 만들던 곳이 있어 이 일대를 '주전골'이라 불렀다고 합니다.

할아버지는 통관사 대표였습니다. 큰 키에 포마드를 바른 머리, 멋진 양복 차림으로 영국 신사라는 말을 듣곤 했습니다.

1940~1950년경 외국 물건이 생소하던 시절, 외갓집에는 통관 일을 하는 할아버지 덕에 신기한 외국 물건이 많았습니다. 대청마루에 있는 미국산 제니스 전축을 틀면 그 일대가 음악 소리로 가득 차서 동네 사람들이 음악을 들으러 왔다고 합니다. 어린 시절부터 음악과 함께한 덕분에 엄마가 클래식을 좋아했구나 하는 생각이 듭니다.

전화도 없던 시절, 할아버지 집에 독선으로 이어진 검은 전화가 있어서 엄마와 이모들은 "누구 엄마! 진주에서 전화 왔어요!", "아무개 아버지! 급한 전화래요"라며 전화 심부름하느라 온 동네를 뛰어다녔다고 합니다.

주로 종이우산을 쓰던 시절, 비 오는 날이면 동네 사람들이 천 우산을 빌리러 오기도 했는데, 그러면 할아버지는 그분들에게 커피를 대접했다고 합니다.

할아버지는 자식 사랑이 극진했습니다. 딸들을 서울로 데려가 당시 제일 유명한 명동 송옥양장점에서 옷을 맞춰 입히셨습니다. 또 집에 오는 길에는 항상 제과점에서 케이크, 양과자, 상투과자 등을 사 오셨다고 합니다. 막내 이모는 케이크와 양과자가 먹기 싫어서 몰래 가지고 나가 동네 친구들의 눈깔사탕과 바꿔 먹었다며 그 시절을 떠올리며 장난스레 웃으셨습니다.

키가 정말 크고 양장 차림이던 할아버지와는 달리 할머니는 키가 작고 아담했으며, 쪽 찐 머리에 비녀를 꽂고 단아한 한복 차림을 하고 계셨습니다. 성품이 굉장히 온화하고 유순했고 독실한 기독교 신자여서 매일 새벽 기도를 하러 다니셨습니다. 집에 스님이 오셔도 꼭 쌀을 나눠 드리며 대접했고, 떡이며 음식을 할 때면 일부러 넉넉하게 만들어 이웃과 나누었습니다.

엄마는 외형적으로는 키 큰 할아버지를 닮았지만 솜씨나 성품은 할머니를 쏙 빼닮았습니다. 한복은 물론 자식들 교복도 손수 만들어 입힐 정도로 바느질 솜씨가 좋았던 할머니처럼 엄마도 손재주가 좋았습니다. 늘 이웃과 나누는 할머니의 삶을 보며, 엄마도 독실한 기독교 신자로 평생 기도와 믿음을 나누셨습니다.

이모들은 외갓집을 떠올리면 꼭 장독대 이야기를 합니다. 그 집 장맛을 보면 음식 솜씨를 알 수 있다는 말이 있습니다. 외갓집 마당의 장독대에는 된장, 고추장, 간장 등 여러 장이 있었는데, 그중에서도 통영식 어간장이 특히 맛있었다고 합니다. 통영은 멸치가 풍부해서 집집마다 멸치로 어간장을 담갔습니다. 할머니는 항아리에 생멸치를 소금에 재워서 삭힌 뒤 솔잎 깐 시루에 쪘다고 합니다. 활활 타오르는 장작불 너머 흰 면보에 여과되어 똑똑 떨어지는 어간장. 이렇게 해서 완성한 어간장으로 나물에 반찬에 국, 찌개까지 모든 간을 하셨다고 하니, 할머니 요리의 비법은 바로 이 어간장이었을까요?

장독에 담긴 간장 맛이 집마다 다르듯 각 지역의 어간장도 저마다 다른 재료와 환경으로 발효와 숙성을 거쳐 독특한 맛을 냅니다. 전국 곳곳, 세계의 다양한 양념을 맛보았지만 정작 할머니의 어간장 맛만은 알지 못하는 게 아쉽습니다. 서울에서는 통영과 달리 생멸치를 구하는 것부터 쉽지 않은 일이었기에 서울에 이사 오신 뒤로는 좀처럼 어간장을 만들지 못한 모양입니다.

"입맛이 없을 때나 죽 먹을 때 할머니 어간장 넣어서 쓱쓱 비벼 먹으면 입맛이 싹 돌아왔어. 짜지도 비리지도 않고 얼마나 감칠맛이 나던지."

김치에 신선한 굴과 어간장을 더해 끓인 칼칼한 김치굴국은 외갓집의 겨울철 최고 별미였다고 합니다. 할머니는 특히 갈비찜을 맛있게 만드셨는데 맛의 숨은 비법 또한 어간장이었다고 합니다. 귀한 손님이 오시면 이 갈비찜을 대접했습니다. 할머니의 어간장 맛을 본 사촌 언니, 오빠의 이야기에 귀가 솔깃합니다.

돌이켜 보면 엄마가 요리에 액젓을 주로 사용한 것은 음식할 때 어간장, 액젓을 사용하는 통영의 맛에서 비롯된 것일지도 모르겠습니다. 서울의 다른 친구네 집에서는 잘 해 먹지 않는 생선 요리도 종종 하셨는데, 이것도 생선과 해산물이 풍부한 통영의 맛이 엄마 삶에 그대로 녹아들었기 때문이겠지요.

만약 할머니의 어간장이 있다면 무엇을 만들어 볼까 즐거운 상상을 해 봅니다. 어간장에 파, 마늘, 양파, 식초, 고춧가루, 깨와 물을 약간 섞어 디핑 소스로 만들어도 좋을 것 같습니다. 새콤 달큰 감칠맛 풍부한 소스에 지글지글 구운 삼겹살이나 갓 구운 동태전을 찍어 먹으면 느끼함도 잡아 주면서 음식의 맛이 풍부해집니다. 명란비빔밥이나 꼬막비빔밥, 멍게비빔밥 같은 해산물을 넣은 요리를 할 때도 어간장을 약간 넣으면 바다의 감칠맛과 발효를 통한 깊은 맛이 입안 가득 들어찹니다. 맛에 담긴 무궁무진한 이야기가 끝도 없이 펼쳐지지요. 어간장은 빛바랜 사진이 천연색으로 변화한 듯 모든 재료의 맛을 선명하게 만들어 주는 비밀 재료입니다.

외갓집 어간장 맛도 궁금하지만 그 밖에도 알고 싶은 외갓집의 맛이 정말 많습니다. 통영 외갓집 마당에서는 계절마다 제철 생선을 말렸습니다. 겨울날 대구가 주렁주렁 매달린 마당은 얼마나 진풍경이었을까요. 촉촉한 생물 생선과 달리 햇빛에 수분이 서서히 날아가, 겉은 쫀득하면서 속은 부드러운 살이 밀도 있게 들어찬 말린 생선의 매력. 잘 말린 대구는 설날 즈음에 쪄서 양념장을 발라 먹었고, 바싹 마른 대구는 결대로 쭈욱 찢어서 술 안주로 먹었다고 합니다. 가마솥으로 밥을 할 때 같이 쪄서 양념을 발라 먹었다는 대구 알과 부드러운 곤이를 넣어 끓인 찌개의 맛이 궁금합니다.

지금도 통영 길을 걸으면 주택 마당에서 생선 말리는 모습은 흔히 볼 수 있는데, 외갓집 마당 풍경도 저렇지 않았을까 상상해 봅니다. 통영 바다에서 난 제철 생선을 직접 한 마리 한 마리 정성 들여 손질해서 말리고, 자연과 시간으로 숙성된 재료로 요리해 먹는 맛은 현지에서만 맛볼 수 있는 별미였겠지요.

수십 년의 세월이 흘러 말로만 전해 듣던 외갓집의 모습은 더 이상 찾을 수 없습니다. 외갓집이 있었다는 곳으로 향하는 오르막길을 걸으며, 할머니가 만들어 준 교복을 입고 양갈래 머리를 한 풋풋한 엄마와 이모들이 돌계단을 오르는 모습을 떠올립니다. 양과자를 들고 귀가하는 멋진 양복 신사 할아버지를 마음속에 그려 봅니다. 그 길 끝에 나타날 빨간 벽돌담과 마당에 생선이 줄지어 널린 예쁜 기와집이 눈앞에 펼쳐집니다. 어디선가 어간장 끓이는 진한 냄새가 풍겨 오는 듯합니다.

초겨울의
새콤달콤 파래무침

장에 갔더니 파래가 보였습니다. 어릴 때부터 엄마는 파래무침을 반찬으로 자주 만들어 주셨습니다. 초겨울 추워지기 시작해야 만날 수 있는 제철 파래를 놓칠 수 없으니 바로 장바구니에 넣었습니다.

집에 오자마자 굵은소금을 넣고 파래를 깨끗이 씻었습니다. 물기를 꽉 짜고 먹기 좋은 사이즈로 송송 잘라 줍니다. 이제는 맛있게 양념을 하면 됩니다. 달콤한 겨울 무를 채 썰어 함께 무치면 시원함과 달콤함이 배가되지만, 없다면 파래만 무쳐도 충분히 맛있습니다. 마침 저도 무가 뚝 떨어져 파래만 무쳤습니다.

간장, 그리고 통영 지인께 받은 어간장과 유기농 사과 초모 식초를 넣었습니다. 설탕과 다진 마늘, 깨를 넣어 조물조물 무쳐 한입 먹어 보니, 입안이 새콤달콤한 맛으로 가득해졌습니다. 파래의 파릇함, 바다 향과 새콤달콤한 양념의 맛이 한데 어우러지며 입맛이 살아나고 추운 날씨에 움츠러든 마음까지 상큼해지는 느낌이었습니다.

요리는 기본이 제일 중요하다고 생각합니다. 좋은 식재료와 자연의 시간으로 잘 발효해서 만든 양념, 그리고 요리를 하는 사람의 애정과 정성입니다. 재료를 허투루 쓰지 않고 먹을 사람을 생각하는 마음을 담는다면 그것이 최고의 요리일 테지요.

맛있는 음식은 혀를 즐겁게 해 주는 것뿐만 아니라 마음을 위로해 주고, 추억을 불러일으키며 행복까지 선사합니다. 파래무침을 먹으며 엄마가 만들어 주시던 그립고 친근한 맛을 떠올립니다. 분명 사랑하는 가족과 나눠 먹고 싶은 겨울 바다 맛이었습니다.

엄마에 대해서 잘 안다고 생각했는데 모르는 것도 참 많았던 것
같습니다. 엄마가 제 곁을 떠나고 나서야 엄마가 사용하시던 큰 조개
접시가 달리 보였습니다. 바다가 그리워서, 고향이 그리워서 조개
모양의 접시를 오래 간직해 오신 걸까요. 특별한 날 엄마가 이 큰
접시에 음식을 담아 내오시던 기억이 떠오릅니다. 소중한 이에게
바다, 그리고 그곳에서의 아름다운 추억을 전하고 싶은 엄마의
마음이었겠지요. 꼭꼭 접어 두었던 엄마의 마음 속 한 조각을 엿본
듯한 기분입니다.

정기 구독하고 싶은
미역밥

통영에서 산 건어물을 정말 요긴하게 사용합니다. 찬장을 부스럭부스럭 뒤져 통영에서 사 온 미역을 꺼냈습니다.

전 세계에서 우리나라처럼 미역을 소중히 여기는 곳이 있을까요. 우리는 아이를 낳고 미역국을 먹어 몸을 보양하고, 생일에도 미역국을 먹으며 축하합니다. 특별한 날이 아니더라도 일상에서 자주 먹는 음식이 바로 미역국입니다. 주로 미역국 하면 '소고기미역국'을 떠올리지만 엄마의 미역국에는 때때로 다른 재료가 들어가곤 했습니다. 어느 날은 건홍합, 또 어느 날은 조개, 도다리나 가자미 같은 흰 살 생선을 넣어 끓여 낸 뽀얀 미역국.

"엄마, 왜 생선을 국에 넣어?"

어릴 때는 미역국에 생선을 넣는 게 너무 이상해 보였습니다. 괜히 비린 맛이 날 것 같고 생선 가시도 있어 후루룩 먹을 수 없으니 좋아하지 않았습니다.

어른이 되고 나서야 소고기미역국도 맛있지만 조개나 전복, 생선을 넣은 미역국도 맛있다는 걸 알았습니다. 부드럽고 담백한 생선 살을 발라 뽀얀 국물과 함께 먹으면 그 달짝지근하면서도 짙은 맛에 마치 보양하는 기분이 듭니다.

엄마는 통영에서 자라서 그런지 미역에 가자미, 해산물 같은 바다 내음 나는 음식을 유독 좋아하셨습니다. 통영 시장에 가니 사방에 엄마가 좋아하시던 바다 내음 나는 것투성이였습니다.

나이가 드니 엄마가 좋아하시던 것, 하셨던 행동이나 말을 이해하고 공감하게 되는 일이 점점 많아졌습니다. 그래서 더 눈을 빛내며 통영 시장 구석구석을 살펴보았습니다. 건어물 구역을 벗어나 생물을 주로 파는 곳으로 가니 바다에서 갓 건져 낸 '생미역'도 흔히 볼 수 있었습니다. 윤기 나는 머릿결을 뽐내듯 매끈하게 반짝이는 생미역을 겹겹으로 묶어 길게 늘어뜨린 좌판 풍경이 인상적이었습니다.

통영 식당에서 먹어 본 생미역무침은 흔히 볼 수 있는 미역초무침과 달리 액젓, 참기름, 청양고추를 넣어 버무린 것이었습니다. 각 지역의 음식을 살펴보면 산지에 가까울수록 요리의 빛깔은 투명하고 맑습니다. 최소한의 양념으로 신선한 재료의 맛을 온전히 즐기기 위해 고추장이나 고춧가루 등 강한 양념을 쓰지 않기 때문입니다.

통영의 대표 음식 중에는 여러 나물을 한 그릇에 담아 비벼 먹는 '나물비빔밥'이 있는데, 여기에도 생미역이나 톳으로 만든 나물을 꼭 함께 넣는다고 합니다. 생미역을 소금으로 빡빡 빨아 비린내와 끈적함을 말끔히 없애고, 잘게 썰어 간장과 참기름에 조물조물 삼삼하게 무쳐 낸 것입니다.

생미역도 건미역도 저마다의 매력이 있습니다. 하지만 생미역은 구하기 어려울 때가 많으니 오늘은 어느 집에나 가지고 있을 건미역으로 만드는 특별한 요리를 소개하려고 합니다. 바로 미역밥입니다.

건미역을 찬물에 담그면 몇 배로 불어나 마치 바닷속에 있을 때처럼 짙은 초록색으로 탱글탱글하게 살아납니다. 통영 시장 건어물 가게 사장님이 "이 미역 정말 맛있어요!"라고 자신 있게 한 말처럼 미역의 품질이 좋았습니다.

우선 잘 불어난 미역을 칼로 송송 썰었습니다. 그런 다음 쌀을 씻고 미역을 밥솥에 넣은 뒤 저만의 황금 비율로 간을 했습니다. 밥이 다 되어 뚜껑을 열면 갓 익은 쌀의 달콤한 내음과 미역의 향긋한 냄새가 모락모락 올라옵니다. 방앗간에서 사 온 고소한 국산 참기름을 빙 둘러 넣고 주걱으로 살살 섞어 줍니다.

한입 떠서 맛보니 간도 딱 맞고 어쩜 이렇게 감칠맛이 좋을까요! 바다의 짭조름함이 느껴지지만 비릿하지 않아 숟가락 가득 퍼서 연거푸 먹어도 전혀 물리지 않고, 잘게 썬 미역이 밥알과 하나가 되어 부드럽게 씹힙니다. 그중에서도 제일 맛있는 부분은 밥솥 맨바닥, 양념에 눌어붙은 쫀득한 밥입니다.

밥 한 그릇에 이렇게 푸근함이 가득하다니! 한 솥을 지어 소분한 뒤 냉동실에 보관해 놓고 데워 먹으면 반찬 없이도 든든하게 맛있게 먹을 수 있습니다. 손으로 단단하게 뭉쳐 주먹밥으로 만들어 먹으면 또 다른 매력이 있습니다.

미역을 좋아하지 않는 분들도 미역밥이라면 얼마든지 먹을 수 있을 것 같다는 생각이 들었습니다. 일본에서는 이 미역밥을 '와카메고항'이라고 부르는데, 학교 급식에도 자주 나올 만큼 호불호 없는 일상 음식입니다.

아들이 지방에서 올라와 혼자 사는 친구를 만나러 간다고 해서 갓지은 미역밥을 도시락통에 담아 들려 보냈습니다. 객지에서 따뜻한 밥 한 그릇이 주는 위로의 힘을 알기 때문이죠.

저녁 무렵 아들에게서 연락이 왔습니다.

"엄마! 친구가 너무 맛있대. 정기 구독하고 싶을 만큼!"

"뭐? 정기 구독? 하하하."

어깨가 으쓱하면서 입꼬리가 절로 올라갔습니다.

"응! 엄마가 또 해 준다고 전해!"

다음에는 이 미역으로 또 어떤 특별식을 만들어 볼까, 즐거운 궁리를 해 봅니다. 미역밥 덕분에 행복한 하루였습니다.

바다 내음을 듬뿍 머금은 파릇한 미역밥

흔히 미역 하면 미역국만 떠올리지만 미역 요리법은 무궁무진합니다. 그중
에서도 누구나 맛보면 또 만들어 먹고 싶어지는 색다른 맛의 미역밥을 소개
합니다. 가족이 한 상에 둘러앉아 먹기에 이보다 더 푸근하고 따스한 맛이
있을까요.

◎ 재료 —
쌀 2컵
건미역 6~7g
물 약 320ml
혼다시 1작은술(또는 액젓 1큰술)
청주 1큰술
미림 1큰술
버섯 60~70g(선택)
참기름 약간
깨 약간

◎ 만드는 법 —
1. 미역은 불린 뒤 잘게 송송 썬다.
2. 쌀은 깨끗이 씻어 체에 밭친다.
3. 전기밥솥에 쌀을 넣고 물을 붓는다.
4. 불린 미역의 반을 넣는다.
5. 분량의 청주, 미림, 혼다시를 넣는다.
6. 밥이 익으면 나머지 미역과
   버섯(선택), 참기름, 깨 등을 넣어
   잘 섞어 먹는다.

Tip. 밥을 안칠 때 미역을 모두 넣어도
되지만 밥을 안치기 전과 안친 다음에
나눠서 넣으면 미역의 빛깔이며 향이
더욱 다채로워진다.
취향에 따라 버섯, 당근 등을 다져
넣으면 더 든든한 한 끼가 된다.

뭉근하게 끓여 낸

추억의 맛

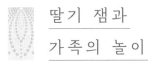

딸기 잼과
가족의 놀이

엄마가 어린 시절을 보낸 외갓집에 다녀오고 나니 제 어린 시절이 떠오릅니다. 저는 서울 강남에 살았습니다. 아파트로 가득한 지금과 달리 어린 시절의 강남은 집 안팎으로 놀거리가 가득했습니다. 산과 들에 참새, 제비도 많았고 무당벌레, 잠자리, 메뚜기 등 자연이 친구였습니다. 올챙이를 잡아 와서 뒷다리가 나오고 앞다리가 나오는 신기한 모습을 관찰하기도 했습니다. 한여름에는 매미를, 가을에는 잠자리를 잡으러 땀을 흘리며 온 동네를 아빠와 함께 뛰어다녔습니다.

집에서는 공기놀이, 종이 인형 놀이, 실뜨기, 종이나 신문지를 접어서 가방도 만들고 모자도 만들어 쓰며 놀았습니다. 엄마는 색종이로 지갑도 만들고 학도 접어 주셨습니다. 조금 자란 뒤에는 가족이 모여 부루마불 게임을 즐겨 했는데 막냇동생이 진 날은 울고 떼를 써서 난리가 났습니다.

어린 삼 남매를 모아 두고, 아빠가 내던 수수께끼는 아직도 선명히 기억에 남아 있습니다.

"머리에 빨간 모자를 쓰고 하얀 옷을 입고 눈물을 뚝뚝 흘리는 것이

뭘까요?”

연달아 오답을 말하는 우리를 위해 아닌 척 양초 옆으로 가서 힌트를 주던 아빠를 떠올리면 지금도 입가에 미소가 맺힙니다.

밤에는 가족이 둘러앉아 <동물의 왕국>, <600만 불의 사나이>, <전설의 고향>, <수사반장> 등을 티브이로 보았습니다. 얼마나 재미있던지 지금도 그때 장면이 생생하게 떠오릅니다.

불 꺼진 방에서 엄마, 아빠는 그림자놀이도 해 주셨습니다. 손그림자로 벽에 나비, 강아지, 백조, 오리를 만들어 냈습니다. 우리 집 벽을

무대로 나비가 훨훨 날다가 사라지기도 하고, 백조가 우아하게 노닐기도 하고, 강아지가 나타나 왈왈 짖기도 했습니다. 우리는 어두운 방 안에서 그림자놀이를 보면서 상상의 나래를 펼치다 잠이 들었습니다.

밖에서 즐겁게 뛰어놀고 집에 돌아왔을 때나 가족이 두런두런 모여 놀 때, 그 자리에 간식이 빠질 수 없는 법입니다. 엄마는 제철 과일과 채소로 손수 간식을 만들어 주셨습니다.

봄과 여름, 딸기나 포도 같은 제철 과일의 선명한 색감과 향긋한 향기가 코끝을 스칠 때면 어린 시절 엄마가 만들어 주시던 잼과 주스가

떠오릅니다. 제가 살던 도곡동 근처에 큰 딸기밭이 있어서 온 가족이 딸기를 따러 갔습니다. 요즘 딸기는 과육이 크고 단맛이 강하지만, 그 시절 딸기는 씨알이 훨씬 작았습니다. 하지만 속은 빈틈없이 들어차 단단하고 알찼습니다. 품종을 개량하면서 크기는 커졌어도 과육 안이 비어 있기도 한 지금 딸기보다 싱그럽고 자연스러운 맛이었습니다.

엄마는 딸기로 잼을 자주 만드셨습니다. 온 집 안이 달콤한 딸기 냄새와 딸기가 보글보글 끓는 소리로 가득 찼습니다. 어떻게 저 폭신한 딸기가 탱글탱글한 잼으로 변하는 거지? 빨간 딸기가 짙은 붉은색 잼으로 변하는 과정이 제 눈에는 요술같이 신기해 보였습니다.

여름에는 햇살을 한껏 머금은 포도로 주스를 만드셨습니다. 한여름 더위에도 수고롭게 불 앞에서 포도를 끓이고 체에 건더기를 걸렀습니다. 포도 주스는 델몬트 오렌지 주스 유리병에 담았는데, 유리병의 오톨도톨한 질감에 빛이 반사되어 주스가 더 영롱하게 빛나 보였습니다. 냉장고에서 시원하게 식힌 포도 주스를 크리스털 컵에 가득 따라 꼴깍 마시면 여름 더위도 끄떡없었습니다.

수박은 또 어떤가요. 수박 장수 아저씨는 수박을 삼각형으로 뚫어 빨갛게 잘 익은 속살을 보여 주었습니다. 손을 타고 주르륵 흐르는 단물과 까만 씨가 콕콕 많이도 박혀 있던 그 시절의 수박. 가끔 수박을 사 와서 엄마랑 화채를 만들기도 했습니다. 수박을 반으로 나눠 엄마랑 동생들이랑 같이 속을 파냈습니다. 그때는 얼음 가게에서 얼음을 배달해 줬습니다. 화채 그릇에 파낸 수박을 넣고 얼음을 동동 띄웠습니다. 저마다 다른 모양의 엉성한 수박 조각을 보며 우리는 까르르 웃었습니다.

과일 본연의 맛에 엄마의 수고가 더해져 진하게 농축된 단맛. 혀끝에 감미롭게 감도는 그 계절의 맛을 이제는 더 이상 느낄 수 없겠지만, 과일 향을 맡을 때면 그 추억의 맛이 희미하게나마 떠오릅니다. 여름에 집에 혼자 있을 때 옛날에 가족끼리 맛있게 수박을 나눠 먹던 기억이 떠오르면 소분한 수박이라도 사 와서 챙겨 먹습니다.

늦가을에는 엄마가 밤을 하나하나 까 주시던 모습이 떠오릅니다. 먹기 좋게 깐 밤을 날름 받아먹을 때만 해도 몰랐는데 나이가 들어 직접 밤을 까 보니 여간 쉬운 일이 아니었습니다. 손 아프게 깐 밤을 삼남매 입에 먼저 넣어 주기 바쁘셨던 엄마. 생각해 보면 겨울 군고구마도, 호빵도 아빠, 엄마는 저희에게 먼저 주셨습니다.

눈이 펑펑 내려 세상을 하얗게 뒤덮으면 우리 가족은 드럼통에 구워 파는 군고구마를 사러 가기도 하고, 밤에 뽀드득뽀드득 눈을 밟으며 동네를 돌아다니기도 했습니다. 엄마는 빙 크로스비의 크리스마스 캐럴이나 조용한 찬송가를 레코드판으로 틀어 놓으셨습니다.

크리스마스가 되면 꼭 트리를 장식했는데, 가족이 함께 은박지, 색종이로 어설프게 만든 장식과 알록달록 반짝이는 전구를 달았습니다. 엄마랑 카드를 만들어 편지를 쓰기도 하고, 크리스마스실을 봉투에 붙이며 보낸 겨울은 정말 따뜻했습니다.

맛으로, 향기로, 추억으로 기억되는 소박하고도 행복했던 그 시절.

간식이나 놀잇감 그 무엇 하나도 엄마, 아빠의 수고가 들어가지 않은 게 없단 걸 어른이 되어서야 알았습니다. 그 모든 게 당연하다는 듯 무엇 하나 소홀히 하지 않았던 부모님, 오로지 따뜻함으로 가득했던 그때가 사무치게 그리워집니다.

"통영 태평동 집에 감나무, 무화과나무가 있었어. 나무에서 열매를
바로 따서 먹으면 얼마나 달던지."
통영에서 실제로 무화과나무에 열매가 맺힌 걸 본 순간, 옛날에
엄마가 하셨던 말이 떠올랐습니다. 길마다 공기를 타고 흐르는
무화과의 향. 남쪽 동네에서는 집집마다 무화과 열린 나무를 흔히
볼 수 있습니다. 엄마도 저도 무화과를 참 좋아합니다. 그 자체로
먹어도 맛있지만 스프레드로 만들어 빵이나 크래커에 얹어 먹으면 더
행복하게 즐길 수 있습니다.

목욕탕과
초코 우유

어릴 때 동네에서 흔히 볼 수 있던 목욕탕 굴뚝을 지금은 찾아보기 어렵습니다. 그런데 통영에서는 낮은 집 지붕 너머로 우뚝 솟은 긴 목욕탕 굴뚝이 쉽게 눈에 띄곤 했습니다.

제가 초등학생일 무렵 동네에는 '충무탕'이라는 공중목욕탕이 있었습니다. 엄마는 통영의 옛 이름 '충무'와 같은 목욕탕 이름에서 고향을 연상했을지도 모르겠습니다.

1970년대만 해도 아파트에서 연탄을 때고, 더운물이 나오지 않아 목욕탕을 찾는 일이 흔했습니다.

"목욕 가자!"

갈아입을 옷과 분홍색 이쁜이 비누, 이태리타월 등을 바지런히 목욕 바구니에 챙긴 엄마를 졸졸 따라나섰습니다.

목욕탕은 늘 사람으로 북적였습니다. 사물함이 다 차서 바구니에 옷을 담고, 욕탕 주위를 빙빙 돌며 빈자리와 목욕 의자, 대야를 찾곤 했습니다. 엄마는 그 난리 통에서 우리를 씻기고 때를 빡빡 밀었습니다. 빨간 이태리타월로 어찌나 세게 미는지, 엄마의 가느다란 팔과 손

에서 어떻게 그런 힘이 나오는지 늘 의아했습니다. 때를 미는 게 아파서 싫었지만 목욕탕 다녀오는 길에 늘 따라붙는 보상이 있었습니다. 바로 초코 우유!

바둥거리는 아이들을 씻기느라 녹초가 된 엄마는 시원한 보리차로 고단함을 날렸고, 우리는 달콤하고 고소한 우유를 꿀꺽꿀꺽 마시며 뜨끈뜨끈한 몸의 열기와 갈증을 날렸습니다. 온 세상이 초콜릿색 행복으로 가득했습니다. 그렇게 동생들과 젖은 머리로 키득거리며 해질 녘 아파트 골목을 걸어갔습니다.

제가 일본에서 아들과 살 때도 온천에 자주 갔습니다. 일본에서도 목욕을 마친 뒤 우유를 즐겨 마시곤 합니다. 목욕 뒤에 마시는 초코 우유의 소소한 행복을 아들에게도 전해 주고 싶어 온천을 하고 나온 뒤 초코 우유를 사 주었습니다. 낙농으로 유명한 홋카이도산 우유라서 맛이 진했습니다. 아들에게도 목욕의 맛이 고소하고 달콤하게 남았는지 아들은 지금도 목욕하는 걸 좋아합니다.

엄마에게는 목욕이 어떤 추억과 맛으로 남아 있을지 모르겠습니다. 엄마가 혼자서는 씻지도 못할 만큼 쇠약해졌을 무렵, 바싹 마른 엄마를 목욕시켜 드리는 일이 너무 낯설고 어려웠습니다. 화장실도 간신히 오갈 정도로 병세가 악화되었을 때 엄마는 저만 보면 "고마운 우리 딸, 엄마가 미안해"라고 말씀하셨습니다. 자식을 고생시킨다고 생각하신 걸까요. 막상 엄마는 기저귀 한 통을 반도 못 쓰고 돌아가셨습니다.

목욕도 몇 번 못 시켜 드렸고, 기저귀도 몇 번밖에 못 갈아 드렸는데, 그걸 힘들다고 생각한 게 너무나 부끄러웠습니다. 자식을 위해 평생을 바친 엄마한테 저는 어쩜 쉰이 넘어서도 그렇게 철이 없었을까 미안함과 후회로 가슴을 쳤습니다.

마당 있는 집에서 고무 대야에 갓난아기인 저를 조심스레 앉히고 목욕시키는 흑백사진을 보았습니다. 윤기 나는 검은 머리에 포니테일을 한 예쁜 엄마와 건장한 아빠가 행복한 표정으로 저를 바라보고 있었습니다. 제가 기억도 하지 못하는 먼 시절부터 얼마나 수많은 날을 저를 씻기고 재우고 보살펴 주셨을까요.

통영 골목에 있는 오래된 목욕탕 굴뚝을 보면서 어린 시절 우리를 목욕시키던 엄마와의 추억과 돌아가시기 전 목욕도 편히 못하던 야윈 모습이 교차되어 한동안 멍하니 서 있다가 눈시울이 붉어졌습니다.

여름의 태양을 듬뿍 먹고 자란 과일은 맛이 달고 진해서 요리로
활용하기 좋습니다. 엄마가 좋아하시던 무화과 요리로 좋지만 자두도
요리해 먹기 좋습니다. 자두로 만든 다양한 요리 중 자두 살사는 대충
만들어도 맛있고, 샐러드로도, 고기 요리에 곁들여 먹는 음식으로도
좋습니다. 자두에 양파와 오이 등을 취향껏 잘라 레몬즙과 설탕,
소금과 후추를 넣어 섞으면 쉽게 완성! 청양고추를 넣거나 고수 등을
추가해도 좋습니다. 차갑게 식힌 살사를 나초에 가득 얹어 한 입에 쏙.
더위가 달아납니다.

보리차와
부채질

조금은 불편하고 느렸던 옛 시절이 자꾸만 그립습니다. 전 에어컨 바람을 그다지 좋아하지 않습니다. 자연 바람이나 선풍기 바람을 더 좋아합니다. 땀이 송골송골 맺힌 제 이마에 엄마가 부쳐 주시던 부채 바람은 세상 그 어떤 바람보다 시원하고 쾌적했습니다. 덕분에 금세 엄마 곁에서 새근새근 잠들었습니다.

엄마는 주전자에 보리차나 옥수수차를 끓여 식혀서 냉장고에 넣어 두셨습니다. 식구가 다섯 명이니 물을 끓여서 식혀 두는 일만 해도 바쁘다고 하셨습니다. 엄마가 시간 들여 끓인 보리차는 요즘 나오는 티백 보리차 맛보다 진하고 구수했습니다.

지금도 덥거나 답답한 날에는 엄마의 부채질과 엄마표 보리차가 생각납니다. 보리차도 부채질도 모두 사랑이었다는 걸 새삼 깨닫습니다. 사랑을 먹고 마시고 자랐다는 생각에 참 감사했습니다.

엄마가 생각나서 보리차 티백을 사다가 주전자에 끓였습니다. 주방을 뭉근하게 채운 보리차의 구수한 향이 참 좋습니다. 그 사랑의 손길이 그리워 또 가슴이 뭉클해졌습니다.

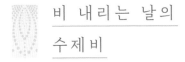

비 내리는 날의
수제비

멸치가 가득 들어 박스를 뒤적이다가 꼴뚜기를 발견했습니다.

"엄마 어릴 때 멸치 박스 안에서 꼴뚜기 골라 먹는 게 그렇게 재밌었어."

어느 날 어린 시절을 떠올리며 아이처럼 미소 짓던 엄마의 모습이 떠오릅니다. 엄마가 어린 시절에도 멸치는 박스째 사다 먹었던 모양입니다. 저는 어릴 때 어른들이 멸치를 박스로 사는 걸 보고 참 이상하다고 생각했습니다. 멸치를 저렇게 많이 사서 어디에 쓰지?

된장찌개, 김치찌개, 순두부찌개에 각종 국, 칼국수, 잔치국수 같은 면 요리와 김장 김치의 양념까지, 많은 한국 요리의 육수로 멸치를 사용한다는 건 요리를 본격적으로 시작하면서 알게 되었습니다. 질 나쁜 멸치와 다시마로 국물을 내면 쓰거나 비린 맛이 나지만, 좋은 멸치와 다시마로 감칠맛 나는 육수를 만들면 어떤 요리든 그 맛이 깊고 맛있어집니다.

요즘은 정말 편리한 시대라 간단하게 육수를 낼 수 있는 육수 팩부터 전국 유명 식당의 밀키트와 냉동식품 등 각양각색의 간편식이 넘

쳐냅니다. 그렇게 먹는 음식도 물론 맛있고 저마다의 추억이 담길 테지만, 재료부터 엄선해 애정을 담아 만드는 집밥과 같을 수 없을 겁니다. 집밥에는 맛의 보편성을 뛰어넘어 집집마다 대대로 이어져 온 가족만의 레시피와 역사가 담겨 있기 때문입니다.

문득 떠오르는 엄마의 음식이 있습니다. 주룩주룩 비가 오는 날이면 엄마가 밀가루로 수제비 반죽을 만드셨습니다. 작은 부엌 안은 이미 진한 멸치 육수 냄새로 가득했고, 저는 동생들과 함께 엄마 옆에서 말랑말랑한 수제비 반죽을 조물조물 만져 여러 모양을 만들었습니다. 끓는 육수 안에서 수제비가 동동 떠오르면 엄마는 알록달록하게 파, 당근, 애호박, 계란을 송송 썰어 넣었습니다. 우리가 만든 수제비는 반죽이 너무 두꺼워서 맛은 좀 없었지만 짭조름하고 따뜻한 국물만큼은 일품이었습니다.

요즘에는 먹거리가 다양해지면서 수제비를 먹을 일이 줄어들었고, 자연 환경의 변화로 재료의 맛 또한 예전과는 달라졌습니다. 그러나 맛은 변했을지언정 저를 키워 낸 사랑의 맛은 변함없이 제 아들에게도 이어졌습니다. 쉬는 날이면 아빠와 뛰어놀고 퇴근길 아빠 손에 들린 간식을 함께 나눠 먹던 추억이 저를 내면이 따뜻한 사람으로 만들었고, 이는 대물림되어 제 아들도 씩씩하게 자라났습니다.

엄마가 자란 바다에서 난 것들을 사러 통영에 갑니다. 싱싱한 국물용 멸치, 볶음용 멸치, 질 좋은 다시마, 미역 등을 양손 가득 사 들고 돌아올 때면 마음까지 든든해집니다.

밖에는 어릴 적 수제비를 나눠 먹었던 날처럼 비가 내리고 있습니다. 저녁 준비를 하는 제 부엌에도 진한 멸치 육수 냄새가 퍼지고 있습니다. 어린 시절과 닮은 듯 또 다른 육수의 냄새. 이 육수로 무엇을 끓여 볼까요?

통영식 쪽파멸치무침

통영을 비롯한 경상도에서는 쪽파와 멸치를 무쳐서 밑반찬으로 만들어 먹는다고 해서 저도 맛보았더니 맛있어서 한번 도전해 봤습니다. 멸치를 팬에 살짝 덖는 과정 빼고는 불을 쓸 필요도 없고 소스만 섞어서 버무리기만 하면 간단히 완성! 냉동실에서 잠자고 있는 마른 멸치를 사용해 보세요. 저는 통영에서 사 온 좋은 멸치로 만들었더니 감칠맛이 더해졌습니다.

◎ 재료 —
멸치 40~50g
쪽파 80~90g
참기름 1큰술
깨 1큰술

◎ 양념 —
고춧가루 1+1/2큰술 정도
액젓 1큰술
간장 1작은술
미림 1큰술
설탕 1/2큰술
꿀 1/2큰술
다진 마늘 1/2큰술

◎ 만드는 법 —
1. 쪽파는 씻어서 손질하고 먹기 좋은
   사이즈로 자른다.
2. 중간 사이즈의 멸치를 팬에 살짝 덖어
   준다.
3. 고춧가루와 액젓, 간장, 미림, 설탕,
   꿀과 다진 마늘을 섞는다.
4. 쪽파와 멸치에 양념을 넣어 버무려
   준다.
5. 마지막에 참기름과 깨를 넣어
   완성한다.

Tip. 국물용 멸치를 사용한다면 머리와
내장을 떼고 몸통을 반으로 갈라
만들어도 된다.
기본 양념이니 입맛에 맞춰 고춧가루,
설탕, 액젓 등은 가감해도 좋다.
멸치는 팬에서 덖는 대신 전자레인지에
살짝 돌려도 괜찮다.

해님과 푸른 바다로 차린

한 상

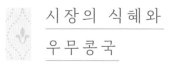

시장의 식혜와
우무콩국

요리 연구가로 일하다 보니 어딜 가든 식재료가 많은 곳으로 발길이 향합니다. 식재료를 멋스럽고 세련되게 진열해 놓은 백화점이나 고급 푸드 마켓도 좋지만, 재료가 펄떡펄떡 살아 움직이고 삶의 활력이 넘치는 현장, 전통시장을 더 좋아합니다.

해외 여행을 할 때도 꼭 로컬의 식재료와 음식을 만날 수 있는 전통 시장을 방문합니다. 여행으로 가는 게 아니라 해외에 거주할 때부터 마트보다 시장을 즐겨 찾았습니다.

일본 교토에 갈 때면 교토의 부엌이라고도 하는 니시키 시장에 꼭 들릅니다. 교토에서 유명한 식재료 유바(콩을 끓일 때 표면에 생기는 막을 걷어서 말린 식품), 쓰케모노(채소절임), 수백 년 된 반찬 가게와 스시 가게가 여전히 맥을 이어 오고 있습니다. 400년 된 스시 가게에서 세월이 흘러도 변하지 않는 고등어초밥을 맛보는 것도 큰 즐거움입니다. 400미터 되는 시장 거리를 걸으면 400년의 역사를 함께하고 있는 듯한 착각이 듭니다.

스페인에서는 바르셀로나의 전통시장, 보케리아 시장에 방문합니다. 12세기부터 이어져 온 200여 개의 점포가 늘어서 있고 곳곳에서 "올라!" 인사하는 상인들의 활기 넘치는 목소리가 울려 퍼집니다.

하몬과 올리브의 나라답게 시장 곳곳에 줄줄이 매달아 놓은 하몬과 소시지, 다양한 올리브 절임과 올리브 오일이 가득합니다. 파에야를 만드는 사프란은 물론 다양한 향신료와 전통 과자 투론, 연중 온화한 기후와 좋은 토양에서 자란 각종 채소, 과일이 형형색색의 빛깔을 뽐내고 있습니다. 스페인의 강렬한 태양으로 자란 발렌시아 오렌지와 주스는 잊지 못할 맛입니다. 다양한 타파스를 먹는 재미도 있습니다.

이외에도 기억에 남는 시장이 많지만 통영의 중앙시장과 서호시장 또한 해외 그 어느 시장 못지않게 독특한 매력을 지니고 있습니다.

해외의 여러 시장에 가 보았지만 이렇게 활력 넘치고 온갖 진귀한 해산물이 펼쳐진 곳은 처음인 것 같은 느낌이었습니다.

한자리에서 평생을 바치신 어머님들이 "오이소! 오이소!" 하며 좌판에 앉아 물건을 파는 모습에서 강한 생활력과 생동감을 느꼈습니다. 벌떡이는 제철 해산물을 보면서 깔끔하게 포장된 대형 마트의 재료에서는 느낄 수 없는, 자연과 바다에 대한 무한한 감사의 마음을 처음으로 느꼈습니다.

스페인에 하몬과 올리브 오일을 파는 풍경이 있다면, 통영 시장에는 말린 생선이 주렁주렁 매달려 있고, 오랜 세월 한자리를 지켜 온 기름집에서 참기름, 들기름을 짜내는 고소한 냄새가 자연스레 사람의 발길을 이끌었습니다.

동남아의 시장에서 코코넛, 망고 등 열대 과일 주스를 마시며 시원해했는데, 통영에서는 어머님들이 페트병에 수제 식혜를 담아 팔고 있었습니다. 얼음물 가득한 대야에 둥둥 떠 있는 식혜. 가격도 몇천 원으로 저렴해서 한번 맛보았다가 잠시 발걸음을 멈췄습니다.

'어? 어릴 때 먹었던 엄마 식혜 맛!'

맑거나 하얗지 않고 탁한 회색을 띠는 식혜. 입안에 퍼지는 엿기름의 고소하고도 달달한 맛이 오래전 기억을 불러일으켰습니다. 엄마가 엿기름을 넣은 베 보자기를 조몰락조몰락 주무르시던 모습이 생생하게 떠올랐습니다. 생각지도 못한 곳에서 또 이렇게 추억을 하나 발견했습니다.

우무콩국은 바가지로 퍼서 옛날 깔때기를 사용해 페트병에 담아 팔

았습니다. 서울에 있을 때는 마트에서 우무와 콩국을 따로 포장하는 것만 봤지, 이렇게 우무와 콩국을 한데 섞어 소금 간을 해서 파는 건 처음 접해서 신기했습니다.

사실 우무는 별다른 맛이 나지 않습니다. 투명한 생김새처럼 맛 또한 투명하달까요. 일본에서 살 땐 우무에 간장 소스를 얹어 전채나 샐러드처럼 먹곤 했습니다. 우무 자체의 맛이 자극적이거나 강하지 않기 때문에 어떤 소스나 재료, 국물이 함께하든 조화롭게 어우러집니다.

시장 아주머니가 스테인리스 그릇에 한가득 담아 준 우무콩국을 먹었습니다. 고소한 콩국을 후루룩 마실 때 딸려 들어오는 채 썬 우무의 탱글탱글한 식감. 씹지 않고 넘겨도 될 만큼 부드럽고, 콩국의 맛을 해치지 않는 순수함에 한 그릇을 금세 비웁니다. 시원한 콩국을 먹으며 여름철 건강식이 따로 있겠는가, 이런 게 건강식이라는 생각이 들었습니다.

통영 시장 곳곳을 누비며 정겨움과 활력, 자연의 고마움을 몇 번이고 생각했습니다. 또 추억을 떠올렸습니다. 우리나라 시장에서든 해외 시장에서든 가족이 함께 장을 보는 풍경을 흔히 볼 수 있습니다. 저도 엄마와 함께 장을 보던 소소했지만 행복 가득한 순간들을 떠올려 봅니다.

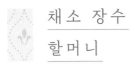

채소 장수
할머니

통영 중앙시장을 여러 번 찾았습니다. 생선이 펄떡거리는 활어 시장은 공기의 냄새며 풍경까지 통영 바닷속에 들어와 있는 듯한 기분이었습니다. 시장을 한 바퀴 돌면 해산물과 건어물, 젓갈에 군침이 돌고 양손 가득한 장바구니보다 마음이 더 든든해졌습니다.

오늘은 서호시장에 처음 가 봤습니다. 서호시장은 아침 일찍 열고 낮이 되면 파하는 새벽 시장입니다. 오래되어 보이는 시장 골목을 여기저기 기웃거리며 탐험했습니다.

그러다 노점에서 채소 파는 할머니를 만났습니다. 파릇파릇 싱싱한 완두콩과 상추, 양파를 샀습니다. 봉지 가득 얼마나 꾹꾹 담아 주시는지, 괜찮다고 사양해도 늘 제게 뭐라도 챙겨 주고 싶어 가방에 주섬주섬 이것저것 담아 주시던 엄마가 떠올랐습니다. 어쩐지 시장 할머니도 엄마와 연세가 비슷해 보였습니다.

"어머니, 실례지만 올해 연세가 어떻게 되세요?"

"올해 여든아홉이야. 나 여기서 40년 넘게 장사를 했어."

"어머! 여든아홉이요?"

반갑고 애틋한 마음에 손을 꼬옥 잡아 드렸습니다. 할머니는 가져가서 먹으라면서 미나리를 한 봉지 가득 담으셨습니다.

"안 주셔도 돼요."

손사래를 쳤지만 할머니는 봉지를 제 손에 꼬옥 쥐여 주셨습니다. 눈물이 핑 돌았습니다.

"어머니, 또 올게요. 건강하세요."

엄마의 고향 통영은 따뜻했습니다. 통영에 올 때면 만나는 사람, 먹는 음식, 꽃과 날씨까지 모든 것에서 엄마 품에 안긴 듯 따뜻한 위로를 받습니다.

다음에 또 서호시장 가서 채소를 살 시간이 벌써부터 기다려집니다. 아마 채소보다는 엄마를 떠올리게 하는 따뜻한 마음씨의 채소 장수 할머니를 만나고 싶어서인지 모르겠습니다.

해님의 선물,
말린 생선

중앙시장의 한 골목 안쪽. 들어가는 순간부터 시선을 사로잡는 강렬한 풍경에 그대로 앉아 그림으로 남기고 싶었습니다. 세월이 느껴지는 오래된 옛날 시장에 가자미, 도미, 빨간 생선, 조기 등 여러 종류의 말린 생선이 광주리에 진열되어 있거나 대롱대롱 걸려 있었습니다. 큰 갈퀴처럼 생긴 짚 부채가 좌우로 왔다 갔다 바람을 일으켜 파리를 쫓는 독특한 풍경에서 눈을 뗄 수 없었습니다.

우리 엄마 같은 할머니들이 쪼그려 앉아 생선을 손질하거나 손님을 맞이했습니다.

"어머니, 어떤 게 맛있어요? 이건 어떻게 해 먹어요?"

"꿔 묵어도 맛있고, 쪄 묵어도 맛있고, 탕 해 묵어도 맛있고, 참 맛있다."

광주리의 말린 생선을 봉투에 가득 담으면서 다른 생선도 몇 마리 덤으로 넣어 주셨습니다.

이렇게 사 온 말린 생선을 가져와 냉동실에 보관했습니다. 필요할 때 하나씩 꺼내 프라이팬에 지글지글 구워 먹으면 정말 별미입니다.

생물 생선을 먹을 때와는 또 다른 맛입니다. 겉은 바삭하면서 속살은 숙성되어 쫄깃합니다. 햇볕과 바람 등 자연의 힘으로 말린 식품은 감칠맛이 더해질 뿐만 아니라 영양도 풍부해집니다.

'세상에 이렇게 다양한 바다 먹거리가 있구나.'

생물 생선은 다 못 먹으면 버릴 수밖에 없는데 어떻게 말려서 오래 보관해 두고 먹을 생각을 했는지, 선조의 지혜에 감탄합니다.

할머니가 잘 담그셨다는 어간장처럼, 저는 잘 모르는 이곳만의 독특한 음식과 조리법이 많을 겁니다. 엄마는 어린 시절부터 고등어에 전갱이는 물론 도미, 광어, 조기, 임연수어, 갈치 등을 흔히 드셨고, 광어나 조기를 넣어 뽀얗게 끓인 미역국도 드셨다고 합니다. 단순히 구워 먹거나 끓여 먹는 것만이 아닌 무궁무진한 조리법이 있었겠지요. 그것이 무엇인지는 몰라도 엄마가 어릴 때부터 자주 만들어 주시던 고등어김치조림이며 생선 요리가 통영에서 비롯되었다는 것만은 확신할 수 있습니다.

엄마는 구하기 어려운 통영 재료 대신 서울에서 구하기 쉬운 생선으로 요리를 해 주셨습니다. 굴비나 조기를 프라이팬에 노릇노릇 맛나게 굽고 양미리나 코다리로 매콤한 조림을 만들었습니다. 생선이 없으면 고등어 통조림이나 꽁치 통조림이라도 꺼내서 김치를 넣고 찌개나 조림을 만들었습니다. 어쩌다 말린 가자미를 구했을 때는 쪄서 간장으로 만든 양념장을 발라 주셨습니다. 엄마 나름대로 서울화한 통영의 생선 조리법입니다.

서울의 시장에서 말린 가자미를 발견했을 때 엄마가 얼마나 반가워하셨을까요? 통영 시장 풍경을 엄마는 일찍이 많이 그리워하고 있었을지도 모르겠습니다.

저도 벌써 시장이 그립습니다. 이번에는 어떤 풍경을 만날까, 말린 생선을 살까, 잘 모르는 생선을 찾아봐야지, 행복한 고민을 해 봅니다.

엄마의 외갓집 근처에는 미나리길이라는 지명이 있습니다.
그 정도로 통영에서 미나리 농사가 활발히 이루어졌다고 합니다.
서호시장 할머니에게 받은 미나리의 향긋한 내음이 저를 부엌으로
이끌었습니다. 파릇한 미나리로 미나리전과 미나리삼겹살말이를
만들었습니다. 한입 베어 물었더니 어머, 입안에 봄이 피어납니다.
엄마도 이 싱그러운 미나리를 먹으며 통영의 계절을 만끽하셨겠지요?

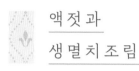

액 젓 과
생 멸 치 조 림

요즘엔 어느 마트나 시장에 가든 액젓과 젓갈을 쉽게 구할 수 있지만, 산지 시장에서 파는 액젓과 젓갈은 유독 더 싱싱하고 맛있어 보입니다. 멸치로 유명한 통영 시장에서 아주 맛있는 멸치액젓과 진젓을 발견했습니다.

엄마는 멸치액젓과 새우젓으로 요리를 자주 만들었습니다. 엄마가 요리할 때 곁에서 거들거나 어깨너머로 본 것이 지금 요리할 때 얼마나 큰 도움이 되는지 모르겠습니다. 엄마에게 배우고, 또 액젓 넣은 음식을 자주 먹다 보니 저도 요리할 때 액젓과 젓갈을 잘 활용합니다.

엄마는 김치 담글 때는 물론 미역국, 황탯국, 계란감잣국, 소고기와 굴을 넣은 떡국을 끓일 때도 액젓으로 간을 했습니다. 생선을 소금에 숙성시켜 만든 짠맛은 소금, 간장의 짠맛과는 다른 매력이 있습니다. 소금으로 국의 간을 맞추면 개운하고 깔끔한 맛이 나지만, 액젓은 감칠맛이 더해져 국물이 더욱 깊고 시원해집니다.

새우젓을 넣은 무나물과 애호박볶음, 계란찜은 우리 집 단골 반찬이었습니다. 새우젓은 소금만으로는 낼 수 없는 맑고 시원한 맛을 내기 때문에 엄마의 나물과 볶음은 느끼하지 않고 맛이 정갈했습니다.

갈치속젓은 그 자체로 훌륭한 밑반찬이었습니다. 엄마는 양배추를 쪄서 갈치속젓을 넣고 쌈을 싸 드셨습니다. 아마 굴젓이 있었다면 굴젓도 한껏 넣어 쌈 싸 드셨을 것 같습니다.

외갓집에서는 자그마한 굴을 사서 직접 굴젓을 담갔다고 합니다. 깨끗이 씻은 굴에 소금을 뿌려 둡니다. 약 5일에서 일주일 정도 뒤 굴에서 나온 수분을 없애고 고춧가루와 양념을 넣어 잘 무치면 밥도둑이 따로 없는 굴젓이 완성됩니다. 이런 싱싱한 젓갈의 맛을 얼마나 그리워하셨을까요.

저는 한식은 물론 해외 음식에까지 액젓을 두루두루 사용합니다. 동남아 요리를 할 때 피시 소스가 없으면 액젓에 식초, 설탕, 물, 청양고추 등을 넣어 소스를 만듭니다. 시저 드레싱을 만들 때는 안초비 대신 멸치액젓을 활용하기도 합니다. 제법 비슷한 맛이 나서 재료가 똑 떨어졌을 때 활용하기 좋습니다. 해산물로 오일 파스타를 할 때도 액젓을 조금 넣으면 비린내는 잡아 주고 재료의 풍미를 끌어올립니다. 불고기 등 육류를 양념에 재울 때도 소량 넣으면 고기 특유의 잡냄새를 잡아 주고 감칠맛을 냅니다. 소스 장에 진열된 많은 소스 중에서도 해산물에 육류, 채소 요리까지 골고루 활용할 수 있어 제일 손이 자주 갑니다.

이렇게 쓰임새가 다양한 액젓과 밥도둑 젓갈. 원재료가 좋아야 맛있게 숙성되는 법입니다. 멸치액젓의 경우 통통하고 신선한 멸치를 사용하는 것이 중요합니다. 멸치 하면 바짝 마른 국물용이나 볶음용 멸치를 생각하지만, 봄에 통영 시장에 가면 살이 통통하게 오른 손가락 굵기의 생멸치를 시장 곳곳에서 볼 수 있습니다. 통영이나 거제, 남해 등 멸치 산지만의 별미가 있는데, 생멸치회무침, 생멸치조림쌈밥, 생멸치튀김입니다.

외갓집에서도 생멸치를 자주 드셨다고 합니다. 생멸치가 나는 때는 크고 살집이 통통한 멸치는 소금을 솔솔 뿌려 바삭바삭하게 석쇠에 구워서 드셨고, 조금 더 작은 멸치는 고추장 양념으로 자박하게 끓여서 상추나 봄동 같은 쌈채소에 싸서 먹었습니다. 멸치쌈밥을 먹으면 봄과 바다가 입안에 가득했다고 합니다.

저도 생멸치조림쌈밥을 먹어 봅니다. 시래기와 양파 등 여러 채소를 넣고 된장, 고추장을 넣어 자박자박하게 끓여 냅니다. 멸치조림을 한 스푼 떠서 마늘 등을 넣고 쌈을 싸서 먹으면 담백한 멸치 살의 맛에 반합니다. 고등어조림이나 갈치조림과는 전혀 다른 맛입니다. 흔히 일컫는 젓갈이나 게장과는 다른 또 하나의 새로운 밥도둑! 입안에 통영의 봄이 찾아왔습니다.

바다를 뿌려 먹는 홈메이드 후리카케

후리카케는 밥에 뿌려 먹는 조미 볶음입니다. 직접 만드는 건 어려울 듯하지만 의외로 손쉽게 나만의 특별한 후리카케를 만들 수 있습니다. 멸치, 잔새우, 건꼴뚜기 등 건어물 등을 넣어도 좋고, 말린 생선을 구워 꼬들꼬들 고소한 살만 발라 넣어도 별미입니다.

◎ 재료 —
가쓰오부시 4~5g
마늘 2개
빵가루 5큰술
파슬리 가루 1/2큰술
간장 1+1/2작은술
깨 1/2큰술~1큰술
잔멸치 약간(선택)
건홍새우 약간(선택)
소금 약간
식용유 약간

◎ 만드는 법 —
1. 식용유를 둘러 데운 팬에 마늘을 다져서 넣은 뒤 빵가루를 넣고 노릇노릇해지도록 볶는다.
2. 잔멸치나 건홍새우(선택) 등 크기가 작은 재료를 먼저 넣어 볶는다.
3. 파슬리 가루를 먼저 넣고 이어서 가쓰오부시를 넣고 볶은 다음 깨를 뿌린다.
4. 간장과 소금을 넣어 간을 맞춘다.
5. 완전히 식혀 밥 위에 뿌려 먹는다.

Tip. 파슬리가 없으면 구운 김이나 감태를 부숴 넣어도 좋다.
빵가루는 쉽게 타기 때문에 불 조절에 신경 써야 한다.
실온에서 열흘 정도 보관 가능하며 냉장고에 보관하면 2주는 먹을 수 있다.

봄의
죽순

"오늘 점심은 저희 집에 와서 드세요."

식사 초대를 받았습니다. 거제에 내려와서 산 지 20년 된 분의 초대
입니다. 매년 봄이면 죽순을 캐서 삼겹살과 함께 구워 먹는데, 별미라
고 몇 번이나 말하셨던 터라 기대가 되었습니다.

초대된 집으로 가니 지글지글 삼겹살 굽는 냄새가 가득하고 상 위
에는 각종 나물와 쌈 된장, 밭에서 따 온 쌈 채소, 뽀얗게 국물이 우러
난 조개미역국이 차려져 있었습니다. 그리고 기대하던 주역, 죽순이
등장했습니다. 항상 진공 팩에 압축되어 있거나 통조림 캔에 들어 있
는 죽순만 보다가 갓 캐낸 생죽순을 보니 신기했습니다.

노릇하게 구운 삼겹살과 죽순을 함께 먹었는데, 처음 먹어 본 생죽
순의 맛은 새로웠습니다. 오독오독 아작아작, 씹는 식감부터 신선하
고 향긋했습니다.

문득 이걸로 무얼 만들면 좋을까 즐거운 고민에 빠졌습니다. 이렇
게 신선한 죽순이라면 어떤 요리든 다 잘 어울릴 것 같습니다. 식감을
살려 샐러드를 만들어도 좋겠고 주먹밥이나 영양밥, 된장국, 나물무

침이나 전 그 무엇을 만들어도 맛있겠습니다.

거제와 통영은 가까워서 거제의 산물을 이웃 동네 통영의 시장에서도 자주 볼 수 있다고 합니다. 봄 통영 시장에서 볼 수 있는 생죽순이 모두 거제에서 난 것들이었다니! 통영 어디에서 죽순이 나는 걸까 했더니 이런 비밀이 있었습니다.

엄마도 봄이 되면 거제 죽순을 드셨을까요? 죽순을 제철 재료라고 별로 생각해 보지 않았는데, 앞으로 매년 봄이 되면 저는 제철 죽순으로 요리를 할 것 같습니다. 이외에도 잘 몰랐던 지역의 제철 재료들을 새로이 알게 되었습니다. 거제 둔덕의 거봉 포도나 통영 욕지도 귤처럼 현지에서만 소량 수확하는 산물들입니다. 생산지와 이웃 동네에서 전부 소진된다는 지역의 제철 먹거리들. 달고 맛있다는 포도와 진한 맛의 귤을 한번 맛보고 싶습니다. 우리나라 남쪽 마을에는 맛있는 것들이 참 많습니다. 즐거움이 하나 더 생겼습니다.

추억을 따라

발견한 맛

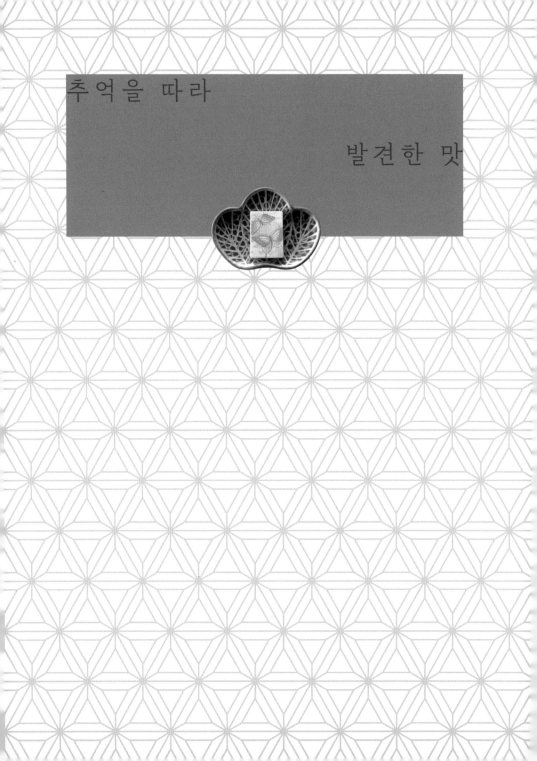

빨간색 반닫이 장과
누비 베개

집에 빨간색 반닫이 장이 있었습니다. 할아버지가 엄마 시집갈 때 해 주신 장롱입니다. 십장생 무늬가 자개로 새겨져 있고 나비 모양의 장석과 자물쇠와 경첩도 멋스럽게 달려 있었습니다. 햇빛을 받아 학이나 사슴, 소나무 등이 은은한 오색으로 반짝거리면 저는 방에 누워 손가락으로 그 무늬들을 따라 그리며 놀곤 했습니다.

반닫이를 열면 그 안에 작은 서랍이 있는데, 손잡이를 스르르 당겨 안을 뒤지기도 했습니다. 어릴 때 우리가 입은 배냇저고리, 버선, 한복, 저희 삼 남매를 업어 키울 때 쓴 누비포대기 등 엄마가 소중히 여기던 물건을 넣어 두셨습니다. 그 장을 열면 나던 냄새도 아직 생생히 기억납니다.

집에는 누비 소품도 많았습니다. 초록색과 분홍색 천을 누벼 만든 아빠의 베갯잇이 기억납니다. 엄마는 베갯잇을 빨아서 시침질하곤 했는데, 여러 번 빨아 사용해도 늘 새것처럼 깨끗했습니다.

"통영은 누비가 유명해."

엄마가 종종 하시던 말씀이 떠오릅니다. 헝겊 사이에 솜을 넣고 바늘 땀수를 촘촘히 누비기 때문에 오래 써도 새것 같고 빨아도 구김이 덜하다고 했습니다. 그래서 딸들이 시집갈 때면 누비이불을 혼수로 보냈나 봅니다.

반닫이 장도 마찬가지입니다. 엄마가 결혼할 무렵에는 통영 자개장을 혼수로 장만해 가는 가정이 많았다고 합니다. 제가 대학 다닐 때까지만 해도 집에 있던 반닫이 장을 이사하면서 잃어버려 엄마가 얼마나 속상해하셨는지 모릅니다.

그런데 이번에 통영의 한 카페에 들어갔다가 옛날 우리 집에 있던 그 장과 거의 비슷한 것이 한쪽 구석에 놓여 있는 걸 보고 얼마나 반가웠는지 모릅니다. 유독 반가워하는 모습에 카페 사장님이 말을 건넸습니다.

"저희 어머니 댁에 있던 겁니다. 그때는 다 이런 장을 혼수로 해 갔지요."

"저희 집에 있던 거랑 똑같아서 너무 반가워서요. 저희 어머니는 통영여고 출신이세요."

"아, 저희 어머니도 그런데요! 몇 회 졸업생이세요? 저희 어머니는 돌아가신 지 2년 정도 되었어요."

"아, 그러시군요. 저희 어머니는 몇 달 전에 돌아가셨어요."

대화 속에서 어쩌면 두 분이 서로 아는 사이였을 수도 있었겠다는 상상에 친근감과 아쉬움이 교차했습니다. 엄마와 함께 왔으면 그렇게 그리워하던 반닫이 장을 다시 찾은 듯 기뻐하셨을 텐데.

아쉬움을 뒤로하고 골목골목 다니면서 누비 가게를 방문해 누비 작가들과 대화를 나누기도 했습니다.

통영에 오니 자개도 누비도 다 예쁘고 아름답게만 보입니다. 예전에는 관심도 없던 한복이나 베갯모, 수저 주머니 등에 새긴 전통 무늬도 부모가 자식을 위해 장수와 복을 기원하며 새긴 것이라 생각하면 마음이 뭉클해집니다.

한 아이의 엄마가 되니 모든 일상이 예전과는 다른 의미로 다가옵니다. '외할아버지가 시집가는 딸에게 어떤 마음으로 빨간 반닫이 장을 선물해 주셨을까? 엄마는 결혼 생활 내내 반닫이를 볼 때마다 외할아버지의 사랑을 떠올리셨겠구나. 나는 아들에게 무엇을 남겨 줄 수 있을까?'

통영에서 추억의 물건을 만나니 반가웠습니다. 옛날에는 촌스럽고 고루하다고 생각하던 것들이 이젠 왜 이리 예뻐 보이는지 모르겠습니다. 돋보기가 필요한 나이가 되고 눈은 침침해서 잘 안 보이게 되었지만 다른 눈이 하나 생겨난 것 같은 요즘입니다.

어릴 적부터 영롱하고 은은한 자개의 빛을 좋아했습니다. 통영에
다녀온 뒤 아들과 함께 자개 만들기 체험을 했습니다. 미대에서
디자인을 전공하고 있는 아들은 통영에서 좋은 영감을 받았는지
자개 손거울에 통영 바다를 담았습니다. 그리고 엄마에게 선물해
드렸습니다. 당시 병중이라 외출도 못하셨을 무렵 손자의 자개
손거울을 선물 받은 엄마의 행복해하던 모습이 지금도 떠오릅니다.

엄마의 감자채볶음과
생선조림

엄마는 하루도 빠지지 않고 저를 위해 기도하셨습니다.

"넌 잘될 거야."

늘 응원하고 믿어 주신 엄마 덕분일까요. 저는 마흔이 넘어서도 두려움 없이 새로운 일에 도전할 수 있었습니다. 좋아하는 일에 열정을 쏟을 수 있고, 나이가 들어서도 계속해서 그 일에 매진할 수 있다는 게 참 행복합니다. 엄마가 조급해하거나 남과 비교하지 않고, 늘 믿으며 기다려 주신 덕인 것 같습니다.

엄마는 참 똑똑한 분이었습니다. 공부하며 모르는 한자가 나왔을 때도, 중고등학교 때 영어 펜팔을 할 때도 척척 봐주실 정도였습니다. 그러나 엄마는 저희에게 공부를 강요하신 적이 없습니다. 억지로 학원에 보내지도 않고 스스로 알아서 하게끔 응원해 주셨습니다. 성적이 나빠도 꾸짖지 않으셨고 언제나 좋아하는 걸 하고 살라는 말씀뿐이었습니다.

제 인생 전반에는 늘 엄마의 도움과 응원이 있었습니다. 제가 일로 바쁠 때든 아닐 때든 우리 집 안 구석구석을 청소해 주셨습니다. 싱크

대 개수구 안까지 반짝반짝, 화장실 묵은 때도 엄마가 다녀가고 나면 깨끗해졌습니다. 단추가 떨어지든 옷에 구멍이 나든 수선할 일이 생기면 바느질 솜씨 좋은 엄마가 고쳐 주셨습니다. 여행 짐도 어쩜 그렇게 잘 정리하는지 제가 하면 안 들어가던 것도 엄마가 차곡차곡 넣으면 가방에 공간이 남을 정도였습니다. 아들 밥도 챙겨 주신 덕분에 일에만 매진하고 돌아올 수 있었습니다. 아들은 할머니가 해 주시던 감자채볶음과 생선조림이 정말 맛있었다며 지금도 그 맛을 종종 떠올리곤 합니다.

엄마의 감자채볶음은 제가 만든 것과 달랐습니다. 엄마의 감자채볶음은 누룽지가 눌어붙은 것처럼 쫀득했습니다. 겉은 노릇노릇한데 속은 포슬포슬 부드러워서 밥 없이도 계속 손이 가는 중독성 있는 맛입니다. 저도 같은 방식으로 만들어 보았지만 아쉽게도 아들은 할머니의 맛과는 다르다고 했습니다.

생선조림도 달랐습니다. 엄마는 두루치기나 불고기를 양념에 재우듯 고등어나 꽁치 등 생선을 김치와 무, 그리고 간장, 고춧가루, 생강으로 만든 양념에 잠깐 재워 두었습니다. 양념에 미리 재운 뒤 생선을 조리하면 바로 만들었을 때와 달리 생선 살에 간이 잘 배었습니다.

제가 엄마와 똑같은 조리법으로 생선조림을 만들더라도, 감자채볶음 때처럼 아들은 할머니의 맛과 다르다고 말했을 겁니다. 결정적으로 다른 것은 그 음식을 먹는 사람, 아들의 평생에 새겨진 할머니를 향한 사랑과 추억일 테니까요.

엄마가 주는 사랑과 믿음을 당연하다고 느낀 건 아니지만, 그럼에도 거기에 익숙해져 엄마에게 저는 평생 철없는 딸이었던 것 같습니다. 속상하거나 안 좋은 일이 있으면 무엇이든 다 이야기했으니까요. 그러면 엄마는 친구처럼 이야기를 들어 주시고 같이 화도 내 주시고, 때론 저보다 더 속상해하며 "밥이 넘어가니" 말씀하시며 식사도 못하셨습니다.

천사가 너무 바빠 하늘에서 자기 대신 엄마를 보냈다는 말을 들은 기억이 납니다. 오늘은 통영 시가지에서 저녁을 먹고 길을 걷다 하늘을 올려다보았습니다. 언제나 내 편이던 엄마 모습이 그리워지는 통영의 밤하늘이었습니다.

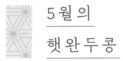

5월의
햇완두콩

피곤해서 일찍 집에 들어오거나 감기 기운에 몸이 으슬으슬할 때는 엄마가 차려 주시던 따뜻한 밥이 그립습니다. 생각해 보니 저는 아침 밥을 거르고 학교에 간 적이 거의 없었습니다. 엄마가 꼭 챙겨 주셨으니까요.

가스레인지도 없던 시절 엄마는 곤로 앞에 서서 음식을 했습니다. 따뜻하고 김이 모락모락 나는 밥을 삼 남매가 둘러앉아 맛있게 먹었습니다. 가리는 것이 거의 없는데 유독 콩밥만은 싫어하던 저는 밥에서 콩만 쏙쏙 골라내 먹었습니다. 세월이 흘러 쉰이 지난 나이가 되어서야 콩을 좋아하게 되었습니다. 강낭콩, 검정콩, 쥐눈이콩, 병아리콩, 호랑이콩 등 이제는 밥에서 콩만 골라 먹을 정도이고, 콩으로 만든 두부, 낫토, 두유, 템페, 된장찌개도 즐겨 먹습니다.

서호시장에 가서 완두콩을 봉지 가득 사 왔습니다. 연둣빛 햇완두콩을 한 움큼 잡으니 계절을 손 한가득 담은 듯한 기분이 듭니다. 제철에 난 햇과일과 채소는 풋풋한 싱그러움으로 계절을 온몸으로 만끽하게 해 줍니다.

완두콩을 밥에도 넣고 삶아서 샐러드에도 넣었습니다. 예상 이상의 고소한 맛에 깜짝 놀라 서호시장에 가서 더 많이 사 와야겠다고 마음먹었습니다. 냉동실에 보관해 놓고 여러 요리에 두루두루 넣어 먹을 생각을 하니 행복합니다.

이번 주말에는 초록빛 완두콩 수프를 보글보글 끓이고 바삭하게 구운 빵을 곁들여 사랑하는 사람들과 함께 근사한 브런치를 즐겨 볼 생각입니다.

위로의
팥

저는 팥도 아주 좋아합니다. 엄마는 제가 친정에 가는 날에는 팥찰밥을 지어 놓곤 하셨습니다. 일로 바쁜 한 주를 보내 피로가 쌓인 채 엄마가 차려 주신 붉은 팥찰밥을 먹으면 얼마나 위로가 되었는지 모릅니다.

팥소를 넣은 떡과 빵도 좋아합니다. 우유랑 찰떡궁합인 단팥빵, 고운 팥앙금이 들어간 일본 모찌, 너무 달지 않은 단팥을 얹은 빙수도 여름에 즐겨 먹습니다.

겨울에는 팥호빵, 붕어빵을 좋아합니다. 눈이 펑펑 내린 날이면 온 가족이 밖으로 나가 눈사람도 만들고 눈싸움을 하기도 했는데, 놀이가 끝나면 아빠 손을 잡고 따뜻한 호빵을 사러 갔습니다. 아빠는 퇴근길에 빈손으로 오는 법 없이 과자나 호빵, 붕어빵을 사 오셨습니다. 저희 남매는 늘 아빠의 퇴근 시간을 기다렸다가 초인종이 '띵동' 울리면 "아빠다!" 하며 뛰어나가 아빠 품에 매달렸습니다. 아빠 품에선 고소하고 따뜻한 팥 냄새가 났습니다.

계핏가루를 톡톡 뿌린 단팥죽도 좋아합니다. 친할머니는 이북 분이었는데, 음식 솜씨가 좋았습니다. 할머니는 제가 놀러 가면 손수 이북 식 떡을 만들어 주시곤 했습니다. 우선 하얀 찹쌀로 큰 인절미를 만들 었습니다. 김이 모락모락 피어오르는 말랑하고 뜨끈한 떡. 그대로 손 으로 쏙 뜯어 먹어도 맛있지만 먹기 좋게 한입 크기로 썰었습니다. 그 리고 삶은 팥을 체에 몇 차례나 걸러 만든 고운 팥앙금을 떡에 얹어 먹 었습니다. 입에서 사르륵 녹을 만큼 부드러운 팥앙금과 쫀득한 떡의 식감이 잘 어우러졌습니다. 지금은 어디에서도 경험할 수 없는 맛입 니다. 할머니 곁에서 음식을 직접 배우고 기록했다면 얼마나 좋았을 까요. 기억 속 맛으로만 남은 게 안타깝습니다.

이렇게 팥을 좋아하는 팥순이가 통영에 와서 꿀빵을 만났습니다. 맛있는 팥앙금을 빵 반죽으로 감싸고 튀겨 시럽을 듬뿍 바른 꿀빵. 도 넛과 비슷하지만 기름이 배지 않아 느끼하지 않고 담백한 빵과 팥앙 금이 잘 어우러집니다. 반짝반짝 윤이 나는 꿀빵은 커피나 차와 함께 먹어도 잘 어울립니다.

통영에서 엄마의 발자취를 찾는 여정은 어느새 가족의 추억과 맛을 발견하는 것을 넘어 부모님의 딸이자, 한 아이의 엄마이자, 요리 연구 가로 살아가는 지금 제 모습으로 이어지는 듯합니다. 통영 길거리의 수많은 꿀빵 가게를 보면서, 시장에서 만난 식재료를 보면서 이런 식 으로 만들어 보고 디자인해 보면 어떨까, 이렇게 기획하면 어떨까 아 이디어가 샘솟습니다.

생각에 골똘히 잠기고 난 뒤에는 달콤한 간식이 생각납니다. 꿀빵에 그윽한 향의 녹차나 구수한 호지차, 진한 몰트 향이 느껴지는 아삼 차를 곁들여 먹고 싶어지는 오후입니다.

사랑을 전하는 약밥

평일에는 일하느라 바빠서 도통 부모님을 뵈러 갈 시간을 내기 어려웠습니다. 주말에 간단하면서도 영양가 높고 엄마, 아빠가 좋아하시는 걸 만들어 가고 싶을 때면 늘 약밥을 떠올렸습니다. 찹쌀만 미리 불려 놓으면 전기밥솥으로 손쉽게 만들 수 있는 약밥 레시피를 소개합니다. 넉넉하게 만들어 두었다가 소분해서 냉동 보관하면 언제든 전자레인지에 데워 간단히 즐길 수 있는 든든한 간식이 됩니다.

◎ 재료 —
불린 찹쌀 600g(계량컵 3컵)
대추 20개
생밤 1줌
잣 약간
참기름 1큰술

◎ 양념 —
황설탕 80g
흑설탕 5큰술
물 300ml
간장 1큰술
계핏가루 1+1/2작은술
소금 1/2작은술

◎ 만드는 법 —
1. 찹쌀은 5시간 이상 불린 뒤 체에 밭쳐 물기를 완전히 뺀다.
2. 대추는 손질해서 채 썬다.
3. 분량의 양념 재료는 한번 끓여 식힌 뒤 대추, 밤 등과 함께 넣어 백미 모드로 취사한다.
4. 취사가 완료되면 잣과 참기름을 넣어 잘 저어 준다.

Tip. 취향에 따라 각종 견과류, 건포도나 건크랜베리 같은 말린 과일을 넣으면 색이 예쁘고 맛있다. 밤이 없다면 고구마나 병아리콩을 넣어도 별미다. 약밥용 밥을 지을 때는 물 대신 대추씨 우린 물을 넣으면 더 맛있다. 대추, 밤, 잣 양은 취향껏 가감한다.

가을을 전하는
고구마 화과자

종종 일본의 친한 친구가 맛있는 과자나 차를 선물로 보내 주곤 합니다. 하루는 일본에서 유명하다는 가게의 화과자가 도착했습니다. 예쁜 포장지를 열어 보니 가을이 들어 있었습니다. 고구마로 만든 과자와 밤으로 만든 만주였습니다. 같이 곁들일 녹차를 준비했습니다.

저는 진한 말차를 넣은 화과자를 좋아해서 고구마 화과자는 잘 구매하지 않습니다. 고구마 맛이 뭐 그렇겠지 생각했는데 이게 무슨 일인지 부드럽고 맛있어서 깜짝 놀랐습니다. 풍미 좋은 계피와 당도가 적당한 고구마가 절묘한 맛을 냈습니다.

마침 집에 밤고구마가 있어 한번 흉내 내서 만들어 보았습니다. 뜨거운 고구마를 으깬 뒤 우유와 버터, 약간의 꿀을 넣었습니다. 물론 생크림을 넣으면 더 좋겠지만 생크림이 없을 때는 우유와 버터만으로도 결코 뒤지지 않는 맛이 납니다. 직접 만드는 음식이 좋은 것은 재료 하나하나며 당도까지 원하는 대로 선택할 수 있기 때문일 것입니다.

반죽을 잘 뭉쳐 랩으로 싸고 비틀어 모양을 잡았습니다. 일본에서는 이걸 '차킨시보리'라고 합니다. '차킨'은 다도에서 찻그릇을 훔치는 삼베 행주를 뜻합니다. 삼베 행주에 내용물을 넣어 비틀어서 모양을 만드는 데서 비롯된 말입니다.

완성한 고구마 화과자에 시나몬 파우더를 톡톡 뿌려 옻칠한 붉은색 접시에 담아 먹으니 너무 맛있었습니다.

문득 어릴 때 엄마가 고구마로 만들어 주신 간식이 떠오릅니다. 으깬 고구마에 우유와 설탕을 넣어 잘 버무린 뒤 작은 그릇에 담아 주셨습니다. 부드럽고 달콤한 고구마를 숟가락으로 맛있게 냠냠 퍼 먹곤 했습니다. 통영의 고구마로 만들었다면 어떤 맛이었을까? 괜스레 궁금해집니다.

통영은 바다에서 난 해산물이 유명하지만 의외로 땅에서 난 것들도 아는 사람들 사이에서는 별미로 통한다고 합니다. 진하고 새콤한 맛의 욕지도 귤, 염분을 머금어 당도가 높은 욕지도 고구마, 해풍을 맞고 자라 다디단 한산도 시금치 같은 것들입니다. 아쉽게도 통영에 갈 때마다 때를 놓쳐서 세 가지 산물의 맛을 보지 못했습니다. 욕지도 고구마가 밤고구마에 가깝다고 하니 다음에는 이걸로 화과자나 다른 디저트를 만들어 보고 싶습니다.

시금치로는 해 보고 싶은 요리가 더 많습니다. 일본 가정에서 흔히 시금치로 만들어 먹는 건강한 밑반찬이 있습니다. 참깨와 두부를 으깨서 채소와 버무린 시라아에와 삶은 시금치에 소스를 부어 만든 촉촉한 시금치 반찬인 오히다시입니다. 제철의 양분을 듬뿍 머금은 한산도 시금치로 만들면 얼마나 영양가 있고 건강한 반찬으로 완성될까

요? 대형 마트에서는 맛볼 수 없는 이 재료들, 하지만 엄마와 외갓집 식구들은 어린 시절 흔히 먹었을 일상의 재료들을 다음번엔 꼭 제철에 찾아가 맛보리라 마음먹습니다.

통영 건어물 오트밀 비스킷

베이킹을 하고 싶지만 오븐을 사용하는 건 번거로울 때, 전자레인지로 쉽게
만들 수 있는 간식이 있습니다. 오트밀 비스킷입니다.
오트밀 비스킷의 장점은 무엇이든 좋아하는 재료를 넣을 수 있다는 것입니
다. 건새우를 넣어 만들었더니 일본의 유명한 새우 과자보다 더 맛있네요!
명란, 김, 톳, 건조 문어 같은 해산물은 물론 말차, 코코아, 시나몬, 견과류
등 무엇을 넣어도 좋습니다. 바삭바삭한 식감이 매력적인 수제 비스킷! 남
녀노소 모두 즐길 수 있는 건강한 간식을 만들어 보세요.

◎ 재료 —
퀵 오트밀 40g
물 5큰술
건새우, 검은깨 등 좋아하는 재료 약간
소금 약간

◎ 만드는 법 —
1. 오트밀에 분량의 물을 넣어 잘 섞은
   뒤 전자레인지에서 30초 돌린다.
2. 반죽을 꺼내 잘 섞어 반으로 나눈 뒤
   건새우, 검은깨 등 좋아하는 재료를
   넣고 취향에 따라 소금을 약간 넣는다.
3. 접시에 종이 포일을 깔고 숟가락으로
   떠서 비스킷 모양으로 펼쳐 놓는다.
4. 전자레인지에서 약 2분 30초~3분
   정도 돌린 뒤 꺼내서 뒤집은 다음 2분
   정도 더 돌린다.
5. 식힘 망 위에 놓고 식힌다(다 식으면
   바삭해진다).

Tip. 비스킷 반죽의 두께에 따라 조리
시간에 차이가 날 수 있으니 중간중간
익은 정도를 확인해야 한다. 가열한
후에는 뜨거우니 데지 않도록 조심한다.

어릴 때 우리 집은 가족 수대로 빨간 금붕어, 검은색 금붕어를
키웠습니다. 엄마, 아빠, 동생들하고 수초도 넣고 금붕어 밥도 주며
금붕어를 키우는 게 우리 가족의 소소한 행복이었습니다.
엄마가 여름 과일이나 화채를 담을 때 사용하시던 어항을 닮은
유리그릇에 금붕어 젤리를 넣어 봤습니다. 초록빛 녹음이 우거지고
매미 소리가 우렁찬 여름날 우리 집 어항 속에는 금붕어들이 유유히
헤엄치고 있었습니다. 잠시 그 여름으로 돌아간 기분이 들었습니다.

둥글게 둘러앉아 나누는

가족의 맛

은하수 아래
간식 시간

엄마가 말씀하시던 통영 이야기 중 유독 기억에 남는 곳이 통영 세병관입니다.

"언젠가 통영에 가게 되면 세병관에 꼭 들러. 거기 기둥이 얼마나 큰지 아니? 가면 그 기둥을 꼭 안아 봐. 엄마 어렸을 때는 거기가 소학교였어."

일제강점기에 태어난 엄마와 이모들은 일본 유치원에 다녔습니다. 조선 시대 삼도수군을 통할하는 통제영의 건물 세병관. 평화를 기원하며 '은하수를 끌어와 병기를 씻는다'는 의미로 이름을 지었다는 세병관은 일제강점기에 통영제일공립보통학교(초등학교)로 사용되었다고 합니다. 엄마와 이모들이 여기에서 학교에 다녔습니다. 유치환, 박경리, 김춘수, 윤이상 등 통영을 대표하는 예술가들도 이곳에서 공부했다고 합니다.

국보지만 들어가 볼 수 있어서 조심스레 신발을 벗고 올라가 봤습니다. 조선 시대 건축물 중 바닥 면적이 가장 넓은 건물이라고 들었는데, 무척 넓고 웅장했습니다. 아주 넓은 나무 바닥을 조심조심 걸으면서 고개를 들고 기웃기웃 아름다운 단청을 살펴보았습니다. 그 옛날 통제영의 위엄을 느낄 수 있는 통영의 심장 같은 곳. 바로 여기가 세병관이구나.

엄마가 말씀하신 대로 기둥을 두 팔로 끌어안아 보니 정말 감개무량했습니다.

'정말 아주아주 큰 기둥이네. 엄마도 어린 시절에 이 기둥을 끌어안았겠구나. 어린 엄마에겐 얼마나 더 크게 느껴졌을까. 엄마는 이런 곳에서 초등학교에 다니셨구나.'

바닷바람 쐬며 공부하고, 그늘 아래서 통영 바다를 내려다보며 점심 도시락을 드셨겠지요. 이 풍경이 반찬이라면 얼마나 꿀맛 같고 좋았을까요.

기둥 사이로 바람이 불어오자 순간 엄마 생각에 가슴이 뭉클했습니다. 한참을 그대로 있다가 마루에 걸터앉아 통영 풍경을 내려다보았습니다. 그 옆으로 조선 시대에 나전칠기 장이며 소반 등을 만들었다던 12공방이 보입니다.

어린 시절 저희 집에는 간단한 식사를 차려먹거나 과일이나 떡, 주전부리를 올려 놓고 먹던 통영 소반이 있었습니다. 통영 소반이 그토록 유명한 명품이었다는 건 통영에 와서야 처음 알았습니다.

저희 집에 있던 통영 소반을 가져와 엄마와 제 사이에 두고 시장에서 사 온 충무김밥을 올려놓고 나눠 먹고 싶습니다. 젓갈을 참 좋아하시던 엄마는 충무김밥의 섞박지를 얼마나 "개운하다"라고 하며 드셨

을까요? 시원한 바람에 맛있는 음식, 도란도란 나누는 이야기까지 꿈결처럼 행복한 시간이었겠지요. 여기에 엄마가 좋아하시던 붉은 동백꽃 한 송이를 꽂으면 더할 나위 없겠습니다.

저는 은하수를 본 적이 없습니다. 시골에서 자란 분들은 밤하늘 은하수를 봤다고 하시던데 정말 아름답다고 들었습니다. 하늘에서 정해준 시간 속에서 엄마와 제가 함께 통영을 거닐 시간은 허락되지 않았나 봅니다. 그렇지만 지금 엄마는 밤하늘의 은하수가 되어 반짝이면서 딸이 걸어가는 길을 비춰 주고 계시리라 생각합니다.

추억의 도시락과
소고기김밥

저는 해외 생활을 오래 했습니다. 여러 나라에서 살았지만 그중에서도 일본에서 제일 오래 살았습니다. 아들은 일본에서 유년기를 보냈습니다. 아들이 처음 다닌 일본 유치원은 3년 과정이었는데, 그중 첫 1년은 집에서 도시락을 싸서 보냈습니다. 처음에는 한국에서 어머니들이 흔히 싸 주시던 도시락처럼 밥을 푸고 반찬 몇 가지를 조금씩 챙겨 넣어 보냈습니다. 그런데 가만히 보니 일본 엄마들이 도시락 싸는 솜씨가 보통이 아니었습니다.

아기자기하게 반찬의 색감을 맞추고 소품으로 도시락을 예쁘게 꾸미고, 실력이 남다른 엄마들은 밥으로 키티나 울트라맨 같은 캐릭터 모양을 만들기까지 했습니다. 저도 뒤늦게 도시락 책을 사서 공부한 뒤 아침마다 열심히 도시락을 꾸몄습니다. 밥을 뭉쳐 곰돌이 얼굴을 만들고 김을 잘라 곰돌이 눈도 만들어 붙이느라 아침마다 혼자만의 전쟁을 치렀습니다. 허겁지겁 도시락을 싼 뒤 아들에게 유치원 원복을 입히고 행여 유치원 버스를 놓칠까 봐 아이 손을 잡고 뛰어가던 기억이 납니다.

학창 시절 저는 늘 아침밥을 먹고 학교에 갔습니다. 거른 적이 거의 없습니다. 그런 데다 저희 삼 남매의 도시락까지 챙겨 주셨으니 엄마는 아침에 얼마나 바쁘셨을까 하는 생각이 듭니다.

가끔 도시락을 이렇게 저렇게 예쁘게 꾸미고 반찬 하나하나 만들 때면 엄마 생각이 납니다. 엄마는 동그란 분홍 소시지에 계란을 묻혀 노릇노릇하게 부치고, 볶은 김치에 멸치볶음, 콩자반, 구운 김도 자주 반찬으로 넣어 주셨습니다. 흔히 식당에서 '옛날 도시락' 또는 '추억의 도시락'이라는 메뉴로 판매하는 양은 도시락에 넣던 메뉴와 흡사합니다. '추억'이라는 이름이 붙은 것은 그 시대의 보편성을 띠고 있으며 맛도 구성도 엇비슷한 메뉴라는 의미겠지만, 각 가정의 손맛에 따라 도시락 맛은 저마다 달랐습니다.

가장 대표적인 도시락 메뉴 하면 김밥을 빼놓을 수 없습니다. 운동회 날 아침 일찍부터 엄마가 김밥을 싸고 계시면 그 옆에 서성이다가 김밥 맨 꽁다리를 쏙 집어 먹곤 했습니다. 엄마의 김밥에는 다진 소고기볶음이 들어갔는데, 어떨 땐 참지 못하고 소고기볶음만 한 숟가락 가득 퍼다가 먹곤 했습니다.

엄마는 고르게 편 밥 위에 소고기 한 줄, 단무지와 시금치, 당근과 계란을 넣어서 말았습니다. 그러고는 둥그런 찬합에 김밥을 차곡차곡 담아 운동회에 가져오셨습니다. 찬합을 열었을 때 통 안에 갇혀 있다가 확 터져 나오는 참기름과 밥, 속 재료의 냄새. 그 냄새가 지금도 아득하게 기억납니다.

학창 시절 내내 정성껏 싸 주신 엄마에게 고마운 마음을 담아 도시락을 싸 드리고 싶습니다. 햇살에 단감이 익어가는 예쁜 가을날, 가족과 함께 손을 잡고 소풍을 떠나는 장면이 아련히 펼쳐집니다.

©에스테이스튜디오

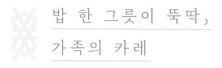

밥 한 그릇이 뚝딱,
가족의 카레

일본에서 1월 22일은 '카레의 날'입니다. 처음 카레의 날이 있다는 것을 알았을 때는 신기했습니다. 얼마나 카레를 좋아하면 기념일을 지정했을까요?

일본에는 외국의 상품이나 음식을 현지에 맞춰 변형한 것이 굉장히 많습니다. 카레가 일본 현지화된 음식의 대표 격인데, 1868년에 영국 해군을 통해 들어온 인도식 카레를 일본식 카레로 완전히 변형했다고 합니다.

아들이 일본에서 유치원에 다닐 때, 급식 메뉴로 일주일에서 열흘에 한 번은 꼭 카레가 나왔습니다. 카레는 그만큼 일상적인 음식이자 그 종류도 정말 다양합니다. 카레를 국물 없이 밥에 볶은 드라이 카레도 꽤 맛있었습니다. 가쓰오부시 등으로 육수를 깊게 내어 만든 카레 우동은 카레 국물과 쫄깃한 면을 함께 후루룩 넘기면 카레라이스와는 또 다른 중독성이 있습니다.

수프 카레도 별미입니다. 수프 카레는 홋카이도의 삿포로 지역에서 특히 유명한 카레로 삿포로는 다른 지역보다 춥기 때문에 따뜻한 국물을 먹는 문화가 발달했습니다. 일반 카레보다 농도가 묽어서 수프처럼 훌훌 마실 수 있습니다. 제대로 만든 수프 카레는 한번 먹으면 또 먹고 싶어질 만큼 계속 생각나는 맛입니다. 가게마다 집집마다 토핑이 다른데 단호박, 옥수수, 연근 등 여러 가지 채소를 골고루 맛보는 것도 매력입니다. 추운 날 먹으면 언 몸이 스르르 풀리고 채소의 영양도 듬뿍 섭취할 수 있습니다.

카레 요리는 이외에도 많습니다. 유명 빵집에서 줄을 서서 사는 갓 튀겨 나온 따끈한 카레 크로켓! 기름에 바삭하게 잘 튀겨진 반죽을 한입 물면 고기가 듬뿍 들어 있는 카레가 배어 나옵니다. '이렇게 맛있는 것도 있구나!' 놀랄 만큼 맛있었습니다.

또 일본의 친구들이 지역 특산물이라고 선물해 주는 카레맛 센베이나 카레맛 넛츠도 한 봉지 뜯으면 그 자리에서 순식간에 다 먹어 버릴 만큼 계속해서 손이 가는 맛입니다. 일본의 오래된 과자가게에도 카레맛 과자들이 제법 많습니다.

일본의 국민 음식이라면 보통 미소국과 우동 등을 떠올리지만 카레도 국민 음식이라 부를 만큼 즐겨 먹습니다. 그래서인지 어린 시절을 일본에서 보낸 아들은 감자와 채소, 고기가 두툼하게 들어가고 짙은 갈색을 띠는 일본식 카레라이스를 좋아합니다.

일본식 카레 외에도 저는 다양한 나라에 살면서 그 나라마다의 카레를 맛보았습니다. 싱가포르에 살 때 요리 선생님이 타이식 그린 카레 만드는 법을 알려 주었는데, 코코넛밀크를 베이스로 동남아 가지와 닭고기 등을 넣어 끓였습니다. 코코넛의 부드러움과 그린 카레 특유의 매콤한 향신료의 맛이 어우러져 새로웠습니다. 의외로 만드는 법이 간단해서 더운 날에는 싱가포르에서의 추억을 떠올리며 그린 카레를 끓여 먹고 식욕을 돋우기도 합니다.

요즘은 우리나라에도 일본식 카레를 파는 가게가 많아졌습니다. 카레 루도 다양해져서 일본식, 인도식, 태국식 등 여러 종류의 카레 루를 판매합니다. 카레에 들어가는 강황, 커민, 정향, 카다몬 등의 향신료 또한 쉽게 구할 수 있어서 저만의 비율로 향신료를 조합해 특제 카레를 끓여 먹기도 합니다.

제가 어릴 때는 오직 한 브랜드에서만 카레 가루를 판매했습니다. 엄마는 그 노란색 카레 가루로 카레를 만들어 주셨습니다. 감자와 당근, 양파와 고기를 먹기 좋게 잘게 잘라 넣어 카레를 보글보글 끓이는 날이면 집 안이 카레 향으로 가득 찼습니다. 아빠와 엄마, 동생들과 함께 둘러앉아 카레에 김치를 곁들여 먹다 보면 밥 한 그릇을 금세 비웠습니다.

엄마의 카레는 지금처럼 다양한 향신료가 들어 있지 않았고 특별히 숨은 비법이 있지도 않았습니다. 고기가 없는 날은 소시지를 잘라 넣어 끓여 주셨던 날도 있고, 채소를 듬뿍 넣어 뭉근하게 끓여 낸 소박한 맛의 카레였습니다. 하지만 아이들에게 별식을 주고 싶은 마음으로 끓여 낸 특별한 카레였습니다. 어릴 적 맛의 보물 상자 안에 잘 간직해 둔 그리운 카레 맛입니다.

누군가에게 카레는 유년의 기억일 테고, 여행의 특별한 순간일 수도 있습니다. 바쁜 날의 간편식이거나, 별다른 의미가 없을 수도 있지만 저에게는 추억의 맛입니다.

글을 쓰는 동안 카레가 먹고 싶어졌습니다. 오늘 저녁은 카레라이스를 만들어야겠습니다.

농익은 토마토로 끓인 풍미 가득 카레

카레의 세계는 정말 무궁무진합니다. 통영 해산물을 듬뿍 넣어 끓여도 맛있을 것 같고, 아니면 각종 채소를 튀기거나 구워서 카레의 토핑으로 얹어도 좋을 것 같아서 여러 궁리를 해 봅니다. 다양한 카레 레시피 중에서 온 가족이 좋아하던 토마토카레를 소개합니다. 빨갛게 완숙한 토마토를 톡 잘라 넣으면 더 깊은 맛을 느낄 수 있을 거예요.

◎ 재료 ─
다짐육(소고기 또는 돼지고기) 180g
다진 양파 약 180g
홀 토마토 캔 200g
고형 카레 약 60g
생강 1쪽
마늘 2~3통
물 500ml
설탕 1작은술~1＋1/2작은술
식용유 또는 버터 적당량
고춧가루 1/2작은술(선택)
커민 가루, 강황 가루 약간(선택)
우스터 또는 돈가스 소스 1작은술(선택)
케첩 1~2큰술(선택)

◎ 만드는 법 ─
1. 팬에 버터나 식용유를 두르고 다진 생강과 편 마늘을 타지 않게 볶는다.
2. 다짐육을 넣어 볶다가 양파를 넣어 볶는다.
3. 홀 토마토를 넣어 볶다가 설탕을 넣어 토마토의 산미를 잡는다.
4. 분량의 물을 넣고 끓인다.
5. 한번 끓고 나면 고형 카레를 넣어 잘 풀어 준 뒤 중약불에서 걸쭉하게 끓인다.

Tip. 매운맛을 좋아한다면 고춧가루나 페페론치노를 넣어도 좋다.
강황 가루, 돈가스 소스, 케첩, 커민 가루 등을 취향껏 넣으면 맛이 더욱 풍성해진다. 입맛에 맞게 간을 조절 완성한다.

가족과 나누고 싶은
햅쌀밥

"어머, 쌀이 떨어졌네. 가서 쌀 좀 사 와."

아들에게 심부름을 시켰더니 집 아래 마트에 가서 작은 쌀 한 포대를 사 왔습니다. 이천 쌀이 맛있다고 흘리듯 말한 걸 기억했는지 이천쌀을 사 왔습니다. 올해 수확한 햅쌀입니다.

바로 씻어서 물을 맞추어 잠깐 불린 다음 밥을 지었습니다. 햅쌀이든 묵은쌀이든 물에 불린 뒤 밥을 안치면 밥맛이 훨씬 살아납니다. 쌀이 수분을 머금기 때문에 더욱 부드럽고 윤기가 흐르지요.

잠시 뒤 밥솥 뚜껑을 여니 김이 확 올라오면서 갓 지은 밥 냄새가 코를 자극합니다. 쌀 한 알 한 알에 윤기가 자르르한 맛있는 밥이 완성되었습니다.

엄마가 늘 하시던 것처럼 갓 지은 밥 위를 주걱으로 열십자로 그은 뒤 아래위로 골고루 저었습니다. 삼겹살을 지글지글 굽고 버섯과 두부, 애호박을 숭숭 썰어 맛있는 된장국도 끓였습니다. 갓 지은 밥을 떠서 구수한 된장국, 노릇노릇 잘 구운 삼겹살과 함께 먹으니 정말 맛있었습니다. 밥이 얼마나 찰진지 몇 숟가락은 밥만 떠먹었습니다. 맛있는 걸 먹으면 가족이 생각난다고 하더니, 햅쌀밥이 너무 맛있어서 가족이 떠올랐습니다.

밥 한 그릇에 여러 생각이 납니다. 어느 집이나 보통 그렇겠지만 저희 엄마도 늘 찬밥은 엄마 차지였습니다. 쌀 한 톨 한 톨 안 버리게 조심해서 씻고 남은 찬밥은 누룽지를 만들거나 국에 말아 드셨던 모습이 떠오릅니다.

가족을 위해 수천, 수만 번 밥을 지으셨겠지요. 엄마도 햅쌀로 밥을 지을 때면 가족을 떠올렸을까요. 저희가 어릴 때나, 성장해서 저마다의 길을 찾아 집을 떠났을 때도, 아빠가 출장으로 자리를 비웠을 때도 엄마는 항상 가족의 끼니를 걱정했습니다.

식탁에 둘러앉아 따뜻한 밥을 나눠 먹을 가족이 있다는 것. 매일매일 반복되는 특별할 것 없는 그날들이 더없이 소중한 시간이라는 걸 이제야 깨닫고 있습니다. 부모님이, 동생들이 그리워지는 날입니다.

식사 시간, 여유가 있으면 밥은 전기밥솥이 아니라 돌솥에 합니다.
밥물이 보글보글 끓어오를 때 나는 쌀뜨물 냄새며 불을 줄인
뒤 타닥타닥 밥이 익어 가는 소리, 누룽지가 눌어붙는 냄새는
전기밥솥에서는 느낄 수 없는 소중한 감각입니다.

추억을 선물하는
양파장아찌

요리 수업이나 방송에서 제철 재료로 만든 음식을 자주 소개합니다. 최근에는 양파를 넣은 영양밥, 양파 수프, 양파장아찌 등 다양한 양파 요리를 소개했습니다.

서호시장에서 사 온 제철 양파가 얼마나 크고 싱싱한지 모르겠습니다. 매콤한 맛만 있는 게 아니라 싱싱한 단맛이 은은히 올라옵니다.

시장 할머니가 봉지에 너무 많이 담아 주셔서 고기 먹을 때도 넣고 찌개 끓일 때도 넣었지만 여전히 많이 남았습니다. 남은 양파로 장아찌를 만들어야겠습니다.

아빠는 제가 만든 장아찌라면 다 좋아하셨습니다. 청양고추를 넣고 양파에 깻잎까지 넣은 한국식 장아찌도 좋아하셨고 일본식 장아찌도 좋아하셨습니다. 쓰케모노라고 부르는 일본식 장아찌는 한국의 장아찌가 그러하듯 재료나 양념의 종류가 매우 다양합니다. 오이나 배추, 무, 우엉 등 채소를 절이는데, 우리나라처럼 간장, 된장이나 소금에 절이기도 하고, 쌀겨에 절이는 누카즈케, 술지게미에 절이는 나라즈케 등이 있습니다. 군산의 울외장아찌처럼 아빠와 엄마는 울외를 술지게

미에 절인 나라즈케를 좋아하셨습니다. 특유의 향과 아삭아삭한 식감은 입맛을 살려 줍니다.

오늘은 한국식으로 양파장아찌를 뚝딱 만들어 보았습니다.

싱싱한 양파를 썰어서 좋은 간장, 잘 숙성된 흑초 등을 넣어 만든 장아찌 액을 양파에 부었습니다. 마침 냉장고에 깻잎이 남아 있어 넣었더니 더 맛있어졌네요. 삼겹살 구워 먹을 때도, 밥을 먹을 때도, 입맛이 없을 때도 장아찌만 있으면 다른 반찬이 필요 없습니다.

제철 재료로 요리를 할 때면 기분이 좋아집니다. 자연의 이치에 따라 살아가는 듯한 기분입니다. 완성된 양파장아찌는 예쁜 병에 담아 좋아하는 사람들에게 선물할 생각입니다. 음식은 만드는 것도 즐겁지만 나눠 먹을 때 행복이 배가되는 것 같습니다.

"통영 장아찌예요."

이곳에서의 예쁜 추억과 같이 선물하고 싶습니다.

아삭아삭 입맛을 살려 주는 쓰케모노

우리네 오이지처럼 일본에서는 오이로 만든 쓰케모노를 밑반찬으로 자주 먹습니다. 아삭한 맛이 좋은 데다 쉽게 만들 수 있는 쓰케모노 두 가지를 알려 드릴게요. 첫 번째는 기본 양념을 쓴 방법이고, 두 번째는 간장, 소금 등에 절인 다시마인 시오콘부나 누룩 소금을 사용하는 방법입니다. 오이뿐 아니라 배추, 양배추, 무 등 좋아하는 재료를 넣고 양념에 섞으면 손쉽게 일본식 장아찌를 즐길 수 있습니다.

오이 쓰케모노 1

◎ 재료 —
오이 2개

◎ 양념 —
간장 1+1/2작은술
식초 2작은술
설탕 2작은술
깨 2작은술
소금 약간
혼다시(또는 치킨 파우더나 액젓)
1/2작은술
취향에 따라 시치미나 청양고추 약간

◎ 만드는 법 —
1. 오이는 먹기 좋은 크기로 잘라 분량의
   양념에 재워 둔다.
2. 냉장고에 넣어 차게 식혀서 1~2시간
   뒤에 먹는다.

오이 쓰케모노 2

◎ 재료 —
오이 1개(100g)
시오콘부 6g 또는 누룩 소금 적당량

◎ 만드는 법 —
1. 오이를 먹기 좋은 크기로 잘라
   시오콘부와 잘 섞은 뒤 지퍼 백이나
   보관 용기에 넣어 둔다.
2. 원하는 만큼 절여지면 먹는다.

Tip. 버무리고 바로 먹어도 되고
1~2시간 동안 절여 먹어도, 다음 날
먹어도 좋다. 냉장고에 넣어 차게 해서
먹으면 아삭한 식감이 더해져서 별미다.
취향에 따라 원하는 만큼 절이면 된다.

엄마의 맛을

찾아서

겨울의 동백,
여름의 수국

어릴 때부터 저는 줄곧 아파트에서 살았습니다. 꽃과 나무를 좋아하던 엄마는 베란다에서 여러 식물을 키우셨습니다. 작은 귤나무 화분에서 귤이 열리면 남매가 모여 "달다, 달다" 하며 신나게 귤을 까먹었습니다.

화초도 여럿 키우셨습니다. 행운목, 관음죽, 남천, 철쭉, 수국, 스파티필룸, 공중에 거는 식물, 만지면 잎이 오므라드는 미모사. 어릴 적에는 동생들과 쪼그려 앉아 미모사 잎사귀를 손가락으로 톡톡 건드리며 즐거워했습니다.

엄마는 당근이나 양파, 고구마에 싹이 나면 물을 담은 그릇이나 유리병에 넣어 햇살 좋은 곳에서 키우기도 했습니다. 보드라운 당근 싹이 귀엽게 파릇파릇하게 자랐고 물속에서 양파의 긴 수염이 쑥쑥 뿌리를 내렸습니다. 양파에서 초록 싹이 나면 엄마는 가위로 싹둑 잘라 요리할 때 넣으셨습니다.

엄마를 따라 양파를 키워 보았습니다. 하루 자고 일어나면 초록 싹이 쑥쑥 자라는 게 신기하고 소소한 행복을 느꼈습니다. 엄마의 마음도 이랬겠구나. 마음이 공유되는 순간입니다. 요리를 하던 중 파가 똑 떨어졌을 때 엄마처럼 양파 싹을 잘라서 넣어 봤습니다. 파와 같은 향이 나지는 않지만 오히려 그 은은함이 모든 재료와 잘 어우러졌습니다. 이제는 당근에 무 자른 것도 기르고 있습니다. 연한 색의 싹이 올라와 부엌 창가가 귀여워졌습니다.

밖으로 나가면 잔디밭에 앉아 네 잎 클로버를 따서 팔찌와 반지를 만들며 놀았습니다. 엄마가 봉선화를 찧어 손톱 위에 놓고 실로 묶어 주면 '내일 아침 얼마나 예쁘게 물들었을까? 내 손톱이랑 동생 손톱 중 어느 게 더 예쁜 색일까?' 하고 두근두근 설레며 잠을 청했습니다.

예쁜 꽃잎이나 낙엽을 주우면 엄마는 책 사이에 끼워 압화로 만들었습니다. 엄마의 책을 펼치면 사계절이 숨바꼭질을 하고 있었습니다. 여름날 엄마랑 같이 찾은 네 잎 클로버도 추억이 되어 책 속에 숨어 있는 걸 발견하고 얼마나 즐거웠던지.

엄마에게 선물한 식물 중 기억에 남는 건 동백입니다. 엄마가 돌아가시기 1~2년 전쯤 화원에서 작은 동백 화분을 사서 엄마에게 선물했습니다. 그저 붉게 핀 동백꽃이 예뻐서 선물한 것이었습니다. 통영에 동백나무가 그토록 많다는 걸 그때는 몰랐습니다. 통영 지천에 피어 있는 동백꽃 사이에서 생각에 잠겼습니다.

여든이 되어서야 유년에 늘 함께했을 그리운 고향의 꽃을 가까이 두게 된 엄마는 어떤 마음이었을까요.

엄마는 수국과 은방울꽃도 좋아하셨습니다. 여름날 통영 골목마다

아름답게 핀 분홍과 연보라 수국을 보고 다시 한번 엄마를 이해하게 되었습니다. 늦겨울과 초봄에는 동백꽃이 핀 통영 거리를, 여름날에는 수국이 늘어선 아름다운 길을 엄마와 함께 거닐 수 있었다면.

아쉬운 마음을 내려놓습니다. 엄마는 사랑 그리고 애잔한 그리움이란 꽃이 되어 내 가슴속에 언제나 피어 있습니다. 힘든 날, 지친 날도 엄마의 사랑 꽃은 제게 다시 일어설 힘이 되어 줍니다.

양은 쟁반 위
복국 한 뚝배기

비가 오는 날 아침을 먹지 않고 나와서인지 점심때가 되니 따뜻한 음식이 먹고 싶어졌습니다. 이제는 자주 방문해 정겨운 서호시장 골목을 지나 통영 현지 분들이 맛있다고 알려 주신 복국집으로 갔습니다. 오래되어 보이는 건물이었습니다.

흔히 오봉이라고 부르는 예스러운 꽃 그림이 그려진 양은 쟁반에 참복국이랑 맛있는 반찬이 가득 나왔습니다. 뚝배기에서 보글보글 끓는 복국 위에는 초록색 미나리가 잔뜩 얹혀 있었습니다.

"식초를 한 숟가락 뿌려 드세요."

식당 아주머니의 말에 '어? 왜 식초를?'이라고 생각하면서도 국물을 한 숟가락 떠먹은 뒤 식초를 넣어 보았습니다. 국물이 새콤해지는 게 아니라 오히려 재료의 맛이 제각각 살아난 듯 풍미가 깊어졌습니다. 복과 미나리, 콩나물. 몇 안 되는 재료를 넣고 끓였는데 어쩜 이렇게 깊고 시원한 맛이 날까요!

갓 지은 것같이 윤기 있고 찰진 따뜻한 밥에 멸치볶음, 애호박나물, 무김치, 젓갈, 복어껍질무침, 가사리무침 등 열 가지 정도 되는 반찬

하나하나를 다 맛있게 먹었습니다.

서울에서는 설렁탕, 전주에서는 콩나물국밥, 하동에서는 재첩국을 먹듯 통영에서는 옛날부터 복국이나 시래기국밥을 아침밥 또는 해장 음식으로 많이 먹는다고 합니다. 서울에도 복국 전문점이 많지만 통영의 노포에서 먹는 맛은 더 각별했습니다. 엄마 생전에 통영 복국집에 모시고 와서 쟁반 가득한 통영식 반찬과 속이 시원해지는 복국 한 그릇 함께 나누었으면 얼마나 좋았을까 생각이 듭니다.

엄마의 고향 통영에서 밥을 먹으면 왜 그런지 엄마가 차려 주시는 밥처럼 맛있게 먹게 됩니다. 서울 쇼핑몰이나 백화점의 푸드 코트, 식당이나 도심 음식점에서 점심을 먹을 때는 엄마가 차려 주신 밥 같다고 느낀 적이 없습니다. 엄마가 보고 싶은 허기를 통영의 오래된 노포들이 따뜻하고 맛있는 통영의 음식으로 채워 줍니다.

소박하고 편안한
무나물

요즘 일로 이런저런 신경을 많이 써서 그런지 아니면 나이가 들어 가기 때문인지 도통 소화가 잘 안 됩니다. 그래서 속이 편한 걸 먹고 싶어졌습니다.

엄마가 자주 만들어 주시던 무나물이 떠올랐습니다. 만드시는 걸 어깨너머로 보긴 했지만 정식으로 배운 적은 없습니다. 제대로 만드는 법을 배워 둘걸. 아쉬움을 뒤로한 채 기억 속 맛을 재현해 봅니다.

나무 도마를 꺼내 무를 채 썰었습니다. 엄마의 무나물은 부드러우면서도 감칠맛이 있었습니다. 기름 대신 냄비에 물을 넣고 무를 볶았습니다.

'이제 간을 해야지.'

엄마가 하던 것처럼 새우젓을 꺼내 간한 뒤 맛을 보았습니다.

'음, 맛있긴 한데 뭔가 부족해. 일단 더 익혀 보자!'

다진 마늘과 송송 썬 파를 넣고 냄비 뚜껑을 닫은 뒤 불을 줄였습니다. 무에서 수분이 빠져나오며 촉촉하게 익어 가는 냄새가 주방 가득 퍼집니다.

갓 지은 뜨거운 밥을 한 숟갈 가득 퍼서 잘 익은 무나물을 얹어 먹었습니다. 무나물이 입안에서 부드럽게 으깨지며 무의 촉촉한 수분이 입안에 확 퍼졌습니다. 무나물을 달고 시원한 국물과 함께 한입에 떠먹어도 맛있습니다. 완벽히 똑같진 않지만 엄마의 무나물 맛과 비슷했습니다.

며칠 뒤에는 무나물을 일본 가정식으로 바꿔서 만들어 보았습니다. 일본에 오래 살기도 했고 일본 요리 수업도 자주 하다 보니 수시로 일본 가정식을 만듭니다. 일본 가정식에서 중요한 건 가쓰오부시를 사용한 육수입니다. 일본은 우리가 멸치를 사용하듯 가쓰오부시와 다시마를 이용해 육수를 냅니다. 멸치나 액젓과는 또 다른 생선만의 깊고 풍부한 감칠맛이 납니다. 일본에 가면 대를 이어 가쓰오부시만 파는 전문 가게에 가서 사오곤 합니다.

채 썬 무를 가쓰오부시 국물로 푹 익혔습니다. 일본식 국간장인 우스구치쇼유를 넣거나 없다면 소금 또는 액젓을 약간 넣어도 좋습니다. 같은 무나물이라도 육수가 달라지니 또 다른 매력이 있습니다.

그릇 장에서 뚜껑 있는 일본 칠기 그릇을 꺼내 무나물을 담았습니다. 요리의 멋은 담음새에도 있습니다. 무에 가쓰오부시 국물을 넣고 뭉근히 끓인 후 간을 한 것뿐인데 근사한 한 그릇이 탄생했습니다.

추억 속 엄마 음식에 대한 그리움이 날이 갈수록 짙어져만 갑니다. 하지만 더 많이, 더 자세히 배워 둘걸 하는 후회는 이제 접어 두려고 합니다. '맛이 이랬던가? 저랬던가? 여기에 이걸 더 넣었던 것 같아!'

하고 기억을 되짚으며 요리하는 순간 그 자체를 즐기려고 합니다. 추억을 한 스푼씩 더한 음식은 그 무엇보다 맛있으리라고 생각합니다.

계절 따라 훌훌 넘기는
국물의 맛

해외 각국에서 요리를 배우면서 살펴보니, 나라마다 국물 요리가 꼭 하나씩은 있습니다. 각지의 기후와 역사, 문화, 조리 환경과 도구 그리고 재료에 따라 서로 다른 특징을 지니고 있는데, 정성을 들여 끓여 내는 것만은 공통인 것 같습니다.

일본만 해도 여러 가지 국물 요리가 있는데 대표적인 미소국만 해도 각 지역별로 다 다릅니다. 육수에 들어가는 재료만 해도 가쓰오부시만이 아니라 여러 생선, 어패류가 들어가고 미소 된장만 해도 적미소, 백미소, 아와세 미소 등 다양합니다. 건더기는 두부, 미역, 파 외에 버섯, 유부, 무, 양파, 감자 등에다가 지역의 다양한 제철 재료를 넣습니다. 통영 미역국에 생선이나 해산물을 넣는 것처럼 말입니다.

캐나다 빅토리아에 자매가 운영하는 스튜 가게가 있었는데, 늘 사람들로 붐볐습니다. 고기를 큼직하게 썰어 듬뿍 넣고 채소와 함께 오랜 시간 뭉근히 끓여 낸 스튜는 참 맛있었습니다.

샌프란시스코에서 먹은 이탈리아식 해산물 스튜 치오피노도 해물과 토마토에서 우러나온 깊은 맛이 인상적이었습니다.

싱가포르에서는 국제도시답게 다양한 나라의 음식을 접할 수 있었습니다. 중국, 인도, 말레이시아 음식 등을 먹어 보았는데, 락사라는 쌀국수가 생각납니다. 코코넛 밀크로 끓여 부드러우면서도 매콤한 국물이 인상적이었습니다.

많은 나라의 국물 요리를 먹어 봤지만 역시 우리나라의 국, 탕 문화는 손꼽을 만한 것 같습니다. 그중에서도 통영에 와서 처음 먹어 보고 놀란 국물 요리 두 가지가 있습니다. 첫 번째는 도다리쑥국입니다. 어릴 때의 기억이라 정확하게 생선을 구분하지 못하겠지만, 엄마가 미역국에 도다리인가 가자미를 넣어서 끓여 주신 적이 있습니다. 미역국에 좋아하는 소고기가 아닌 하얀 생선 살과 뼈가 둥둥 떠다니는 모습이 꺼림칙했는데, 이제 와 생각하니 아마도 도다리가 아니었을까 추측해 봅니다.

도다리쑥국을 먹은 뒤로 봄이면 생각나는 음식이 되었습니다. 살이 통통 오른 도다리와 한산도 섬에서 나는 여린 쑥을 넣어 맑게 끓인 도다리쑥국. 술술 넘어가는 향긋한 쑥의 향과 담백하면서도 부드러운 도다리 살의 조화가 놀라웠습니다. '봄에 도다리쑥국을 세 번 정도 먹으면 그해 잔병 없이 건강하게 지낼 수 있다'는 통영 분들의 말이 실감되는 맛이었습니다.

통영에는 이렇게 계절을 달력 위 숫자가 아니라 오감으로 느끼게 하는 음식이 하나 또 있습니다. 겨울날의 물메기탕입니다.

"통영에 겨울에 오면 물메기탕을 먹어 보세요!"

지인이 알려 준 물메기탕 맛집을 찾아갔습니다. 물메기탕 역시 통영의 많은 국물 요리가 그러하듯 맑은 지리입니다. 물메기탕에는 꼭 톳을 넣어야 국물 맛이 더 시원해진다고 합니다.

몇 숟가락 연속으로 국물만 뜨다가 살점을 먹어 보았습니다. 물메기 살점은 흐물흐물 부드럽기 때문에 반드시 숟가락으로 떠먹어야 합니다. 씹을 것도 없이 녹은 듯 사르르 목을 타고 내려가는 달큰한 살점의 맛이며 푸딩 같은 고니까지, 술 한 모금 안 마셨는데 해장을 하는 듯 속이 쑥 내려갑니다. 거기에 보양식을 먹은 듯 온몸이 후끈후끈 따뜻하게 데워졌습니다.

세상에 다양한 국물 요리가 있지만 특별한 향신료나 양념 없이 원재료만으로도 훌륭한 맛을 끌어내는 봄날의 도다리쑥국과 겨울날 물메기탕은 해외의 지인들에게도 자랑하고 싶은 국물 요리입니다.

이외에도 궁금한 통영 국물 요리가 있습니다.

통영에서 손님에게 대접한다는 볼락구이를 먹어 보았는데 겉은 바삭하고 속은 담백해서 또 먹고 싶을 만큼 맛있었습니다. 볼락으로 끓인 매운탕은 다른 생선탕과 어떻게 다를지 궁금합니다. 한 가지 더, 국물 요리는 아니지만 겨울 별미라는 볼락무김치와 마른 물메기찜도 호기심이 생기는 메뉴입니다.

부모님도 이 맛을 아셨을까요? 그랬다면 엄마는 왜 이렇게 흥미롭고 맛있는 음식을 알려 주지 않으셨을까요? 이유를 알고 보니 1970년대까지만 해도 통영에서는 대구가 인기였고 물메기는 거의 먹지 않는

분위기였다고 합니다. 엄마가 통영을 떠나 서울에 오고 난 뒤에 생겨난 변화입니다. 이제 통영에서 어간장 끓이는 풍경을 자주 볼 수 없게 되어 버린 것처럼요. 고향에서 먹는 음식이 변했다는 건 문화도 삶도 그만큼 변화했다는 뜻일 테지요. 그걸 알았다면 달라진 고향의 모습을 아쉬워하셨을까요? 아니면 변화를 신선해하며 재미있게 받아들이셨을까요? 이제 돌아오는 봄에는 도다리쑥국을 직접 끓여 보려 합니다. 봄의 어린 쑥과 살이 통통하게 오른 도다리만 있으면 대단한 양념을 넣지 않아도 재료 자체가 전하는 봄기운과 맛을 느낄 수 있을 것 같습니다. 통영이 저에게 가르쳐 준 요리입니다.

마음까지 든든하게 톤지루

우리가 아플 때 전복죽을 먹거나 기운이 없을 때 돼지고기 듬뿍 넣은 얼큰한 김치찌개로 힘을 내듯, 일본에서는 국물 한 그릇에 재료가 푸짐하게 들어 있는 톤지루를 먹고 기운을 내고, 추운 겨울을 나기도 합니다. 엄마나 할머니, 가족을 떠올리는 대표적인 음식이지요. 돼지고기와 무가 주재료이지만, 전복 살이나 죽순 등을 넣어 나만의 통영식 톤지루로 만들어도 좋을 것 같습니다.

◎ 재료 —
찌개용 돼지고기 100g
무 200g
당근 1/3개
버섯 1줌(집에 있는 버섯 활용)
파 10cm
국물 800ml(다시마 우린 물이나
가쓰오부시 국물, 멸치 국물도 좋다)
미소 2+1/2~3큰술(간을 보면서
넣는다)

◎ 만드는 법 —
1. 모든 재료를 먹기 좋게 한입 크기로 자른다.
2. 미소를 제외한 재료를 냄비에 넣고 국물을 넣은 뒤 끓인다.
3. 불순물은 걷어 내고, 중약불에서 모든 재료가 잘 익을 때까지 끓인다.
4. 미소는 마지막에 간을 보면서 풀어 준다.

Tip. 미소는 마지막에 넣되 팔팔 끓이지 않는다.
미소는 백미소, 적미소, 아와세 미소 등 종류가 다양하다. 미소를 처음 사용한다면 아와세 미소를 추천한다. 가쓰오부시 없이 일본식 육수를 쉽게 만들려면 혼다시를 물 600ml에 1작은술 정도 넣어 사용하면 된다.

대에서 대를 잇는

가족의 음식

할머니의 만두와
김치 말이 국수

할아버지 집은 마당이 있는 2층 집이었는데 명절이면 친척에 사촌까지 죄다 모였습니다. 아이들은 아래위층을 뛰어다니며 한참 재미있게 놀다가 허기가 지면 풍성하게 차린 명절 상 앞에 모여들었습니다.

고모들과 삼촌들, 사촌들까지 모두 모인 대가족이 상을 에워싸고 앉으면 할아버지가 한 말씀하셨습니다.

"고조 고조, 많이들 먹으라우."

말씀이 끝나면 온 가족이 맛있게 명절 음식을 즐겼습니다. 그리고 우리들은 배가 부르면 또다시 함께 모여 뛰어놀고 간식을 먹는 일을 반복했습니다.

큰집은 이북 신의주 출신이라 만두를 많이 빚었습니다. 부엌에서 솜씨 좋은 할머니와 큰살림을 도맡았던 큰어머니가 만두 빚기를 주도하셨는데, 만두피는 하루 먼저 반죽을 만들어 숙성한 뒤 밀대로 한 장한 장 직접 밀었고 큰 양푼 한가득 만두소를 만들었습니다. 흰 배추를 소금에 절인 뒤 물기를 짜내고, 돼지고기와 파, 마늘, 양파, 부추 등을 넣었습니다. 두부나 당면을 넣지 않은 만두였습니다. 배추가 주재료이기 때문에 만두는 담백하면서도 달큰하고 촉촉했습니다. 여러 명이 손을 보태 빚은 만두는 모양이 제각각이어도 예뻤고, 펄펄 끓는 물에 삶아서 초간장에 찍어 먹거나 떡만둣국으로 만들어 먹었습니다.

이외에도 다양한 음식을 만들었는데, 녹두부침개며 동그랑땡, 불고기, 동태전, 삼색 나물과 곶감, 수정과 같은 것들을 상 위에 올렸습니다. 보통 이북 음식은 재료 손질이며 만듦새가 큼직큼직하고 투박한데 할머니의 음식은 아기자기하면서도 섬세했습니다.

광장시장이나 경동시장에 가면 재료를 푸짐하게 넣어 녹두부침개를 큼직하게 구워 내는데, 할머니는 녹두 반죽에 돼지고기와 다진 김치, 양파, 마늘, 파 같은 기본 재료만 적당량 넣어 빨간 고추로 고명을 얹고 소담하게 구웠습니다. 녹두가 주인공이 되어 다른 재료를 품어 주는, 기본에 충실한 맛이었습니다.

김치말이국수도 별미였습니다. 앞마당에는 김칫독을 묻었는데, 이북식 김치는 배추를 소금에 덜 절이기 때문에 수분이 많아 촉촉하고 심심하면서도 시원한 맛을 냅니다. 장독에서 잘 발효된 김치를 꺼내 육수와 섞어 소면에 후루룩 말아 먹는 김치말이국수는 추운 겨울날에 특히 더 맛있었습니다. 한겨울에도 새콤달콤하면서도 매콤 시원한 육수의 맛이 계속 생각났습니다. 아쉽게도 요즘 이북식 요리를 하는 곳에 가도 기억 속의 맛과 비슷한 맛을 찾지는 못했습니다.

잔칫상에서 제일 이색적인 음식은 바로 감자 사라다입니다. 김이 모락모락 나는 삶은 감자에 설탕을 한 스푼 넣으면 감자가 더욱 곱게 으깨집니다. 으깬 감자를 체에 내리고 수분을 쭉 짜낸 절인 오이와 양파를 송송 썰어 설탕과 마요네즈에 버무렸습니다. 부드러운 감자 속에서 아작아작 씹히는 오이와 양파의 식감이 재미있었습니다. 계란 노른자를 체에 내려 곱게 장식하면 노란색 눈이 내린 듯 예쁘고 고급스러워 보였습니다.

어려서부터 우리 집은 기념할 날이면 만두를 만들어 먹었습니다. 통영은 명절에 나물비빔밥은 만들어 먹을지언정 만두는 잘 빚어 먹지 않는다고 합니다. 엄마는 시집와서야 만두 빚는 걸 배웠고, 예쁘게 잘 빚어서 할머니에게 늘 칭찬받곤 했습니다. 저도 엄마 곁에서 만두피를 가지고 놀거나 만두 빚는 걸 도우며 자연스럽게 만두 예쁘게 빚는 법을 배웠습니다.

어느 날 아침 방송에 출연해 달라며 섭외가 왔습니다. 만두전골을 만드는 프로그램이었습니다. 함께 준비하며 만두를 빚는데, 제가 만두 빚는 걸 본 직원들이 놀라며 말했습니다.

"선생님! 선생님은 만두의 달인 프로에 나가셔야겠어요!"

저보다 더 예쁘고 빠르게 빚는 엄마가 들었으면 얼마나 웃었을까요. 하하호호 웃으며 무사히 촬영을 마쳤습니다.

어린 시절을 떠올리며 오랜만에 만두 재료를 사다가 만들었습니다. 혼자 빚다가 문득 아들에게 "같이 빚을래?"라고 물었더니 의외로 그 큰 손으로 곧잘 만들었습니다. 제가 할머니와 엄마의 솜씨를 보고 배웠듯, 아들도 저와 엄마가 만드는 걸 보고 배운 듯했습니다.

따뜻한 만둣국이 완성되었습니다. 진한 사골 육수에 만두소가 가득 든 만두를 한입 베어 무니 육즙이 흘러나왔습니다.

"역시 우리 집 만두는 맛있어. 나중에 너 아이 낳으면 삼대가 함께 앉아서 같이 만들자. 엄만 꼭 그렇게 하고 싶어. 혹시 그때 외국에 살고 있어도 간 돼지고기, 양파, 부추 같은 재료는 어디서나 파니까 그곳이 어디든 만들 수 있을 거야."

대를 이어 나가는 가족의 음식에는 사랑이 듬뿍 담겨 있습니다. 집 안에 가족의 사랑을 되새겨 보게 해 주는 음식이 있어 행복합니다.

할머니와 엄마의 감자 사라다

엄마는 여러 재료를 넣어 감자 사라다를 만들어 주셨습니다. 할머니의 감자 사라다를 엄마만의 방식으로 발전시킨 레시피였습니다. 엄마는 늘 건포도를 감자 사라다에 넣었습니다. 엄마가 쓰시던 빨간 상자 속 건포도가 생각납니다. 꽤 연세가 드셔서 음식을 못하게 되기 전까지도 감자 사라다는 수십 년간 우리 집 식탁에 올라왔습니다. 한 그릇에 영양을 듬뿍 담아 가족에게 먹이고 싶었던 엄마 마음을 느낍니다.

◎ 재료 —
감자 3개(380~400g)
양파 60g(1/4개)
물 3+1/2큰술
베이컨 60g
오이 1/2개
마요네즈 2큰술
버터 1큰술
우유 1큰술
설탕 1작은술
소금 약간

◎ 만드는 법 —
1. 감자는 껍질을 벗긴 뒤 삶는다.
2. 뜨거울 때 감자를 으깬 뒤 설탕, 버터, 우유를 넣는다.
3. 얇게 채 썬 양파와 베이컨을 노릇노릇하게 굽는다.
4. 오이는 얇게 썰어 소금에 살짝 재운 뒤 물기를 짠다.
5. 으깬 감자에 마요네즈를 넣어 잘 섞은 뒤 베이컨, 양파, 오이를 넣는다(당근 등 원하는 재료를 추가해도 좋다).
6. 소금으로 간을 맞춘다.

Tip. 좋은 버터를 써야 음식의 풍미가 깊어진다.

사골국의
온기

아침에 동네 상가 안 오래된 정육점 앞을 지나다 잠시 멈춰 섰습니다. 어렸을 때 엄마가 끓여 주시던 사골국 냄새가 났습니다.

엄마는 찬물에 사골을 담가 핏물을 빼고 큰 들통에 넣어 몇 시간을 끓였습니다. 국물에 떠오른 기름을 걷어 내고, 고기도 삶아서 조물조물 무쳐서 넣어 주셨습니다. 그 진국에 송송 썬 파를 넣고 소금, 후춧가루를 넣어 잘 익은 김치, 따뜻한 밥과 함께 먹으면 세상 부러울 게 없을 정도로 든든하고 맛있었습니다.

엄마는 사골국을 자주 끓였습니다. 할머니의 비법을 그대로 이어받아 싱싱한 채소와 고기를 듬뿍 넣어서 만든 우리 집 만두는 시중에서 파는 냉동 만두와는 비교할 수 없습니다. 뽀얀 사골 국물에 계란을 풀고 김 가루를 넣어서 만든 만둣국도 맛있게 먹었습니다.

"많이 먹어라."

제 국그릇 가득 사골국을 담으며 말씀하시던 엄마 목소리가 들리는 듯합니다. 엄마는 사골국을 반 정도 먹으면 국물이 식었다며 김이 폴폴 올라오는 솥에서 새 국물을 퍼 와 제 국그릇에 부어 주셨습니다. 몇 번이고 일어나 채워 주신 덕분에 국그릇은 식을 줄 몰랐습니다. 그러면 몸뿐 아니라 마음까지 따뜻해졌습니다.

가족 구성원 수가 줄어들면서 큰 들통으로 요리할 일이 점점 없어집니다. 들통을 정리할까 생각도 했지만, 아직 그대로 둬야 할 것 같습니다. 올겨울에는 꼭 한번은 집에서 사골국을 직접 끓여 먹으려 합니다. 제가 끓인 사골국에서도 정성과 사랑으로 끓였던 우리 엄마 사골국 맛이 날지 궁금합니다.

부모님께 대접하고 싶은 일식 계란찜

가이세키 요리나 일본 요리 전문점에서 나오는 일식 계란찜은 정말 부드럽고 깊은 맛이 납니다. 부모님도 제가 예쁜 용기에 담아 내오는 계란찜을 좋아하셨습니다. 어떤 재료로 토핑하냐에 따라 맛이 달라지는데, 통영의 성게, 문어, 대구 살, 털게 살, 장어 등 다양한 해산물을 취향껏 넣어도 좋겠습니다.

◎ 재료 ─
물 600ml
혼다시 1작은술(가득)
간장 1작은술
소금 1/2작은술
설탕 1/2작은술
계란 중간 크기 3개
토핑 재료(새우, 표고버섯, 은행, 닭고기 등) 약간

◎ 만드는 법 ─
1. 물을 끓인 뒤 혼다시와 간장, 설탕, 소금을 넣는다.
2. 그릇에 계란을 잘 풀어 체에 두 번 거른다.
3. 계란찜 용기에 좋아하는 토핑 재료를 넣고 계란물을 붓는다.
4. 깊은 팬에 용기가 반 정도 잠길 정도로 물을 부어서 끓인다. 물이 끓으면 불을 끄고 계란찜 용기를 넣은 뒤 약한 불로 9~10분 정도 찐다.
5. 불을 끈 상태에서 10분 이내 두면 속까지 촉촉하고 부드럽게 익는다.

Tip. 혼다시가 없을 경우 다시마 우린 물에 가쓰오부시를 한 줌 넣고, 가쓰오부시가 가라앉으면 체에 걸러 사용한다.

오래된 노포의
시락국

'시락'은 시래기의 경상도 방언이라고 들었습니다. 제가 어렸을 때만 해도 집집마다 시래기 말리는 풍경을 볼 수 있었습니다. 먹을 게 지금처럼 풍부하지 않았던 그때 무청을 말려 만든 시래기나 배춧잎을 말린 우거지는 어머님들에게 좋은 식재료였습니다.

양념장에 쓱쓱 비벼 먹는 시래기밥, 들기름을 넣어 볶은 시래기나물, 시래기를 넣어 지진 고등어조림, 보글보글 맛있게 끓인 시래기된장국 등 시래기는 어떻게 해 먹어도 참 맛있습니다.

통영에도 시래기를 넣은 특별한 해장국이 있다고 해서 이른 아침에 서호시장으로 향했습니다. 골목 안에 있는 시락국집입니다. 호기심 어린 눈빛으로 작고 세월이 느껴지는 허름한 가게 문을 열고 안으로 들어갔습니다.

메뉴는 시락국에 밥을 말아 내오느냐, 시락국과 밥을 따로 내오느냐의 차이가 있는 시락국밥과 따로국밥이 있고, 가격은 7,000원이었습니다.

장어 머리와 뼈를 푹 우려낸 국물에 시래기를 넣고 된장을 풀어서 끓인 국에 방아 잎과 부추, 산초 가루를 취향대로 넣어서 먹습니다. 방아 잎은 통영에서 사랑받는 허브라고 들었는데, 시락국은 물론 생선조림, 매운탕, 부침개에도 넣는다니 그 맛이 궁금합니다.

아직 쌀쌀한 이른 아침에 따뜻한 국밥 한 그릇에 몸이 녹는 기분이었습니다. 자극적이지 않아 전날 술을 마신 뒤 해장국으로도 좋을 것 같고, 한 끼 식사로도 좋을 것 같은 든든한 한 그릇이었습니다.

그리고 놀라운 건 반찬입니다. 무 섞박지에 각종 김치, 젓갈, 계란말이, 해초 반찬, 고기반찬, 콩나물 등 대략 열다섯 가지 이상의 반찬을 마음껏 덜어 먹을 수 있다는 것! 요즘 같은 고물가 시대에 저렴한 가격으로 따뜻한 국밥과 푸짐한 통영 반찬을 먹을 수 있다니! 넉넉한 인심을 느꼈습니다.

어린 시절부터 가족과 함께 먹어 온 음식의 맛은 세월이 흘러도 여전히 제 기억 속에 깊이 자리 잡고 있습니다. 음식은 행복한 추억을 떠올리는 소중한 매개가 되어 줍니다.

그리고 이렇게 지역의 특색 있는 노포는 누군가에게 추억이자 행복의 공간으로 그 맛을 오래오래 이어 갈 테지요. 이런 곳이 더 많아졌으면 합니다.

우리를 다시 일어서게 만드는

한잔

아빠의
술 한잔

"난 권투 선수나 운동선수가 되고 싶었어."

흰머리가 희끗희끗하게 난 아빠가 소파에 앉아 티브이를 보시면서 지나가는 말처럼 툭 말씀하셨습니다.

아빠는 1938년 이북 신의주 출신이십니다. 1·4 후퇴 때 인민군을 피해 모든 가족이 이북을 떠나 남한에 오셨습니다. 며칠 동안 밥을 못 먹어서 하늘이 노래질 지경이 되자 '이제 죽는구나' 생각했다는 이야기를 몇 번이고 하셨습니다. 전쟁의 아픔을 겪은 세대입니다.

배우 신영균을 닮았다는 이야기를 많이 들으셨고 잇몸을 드러내면서 환하게 웃는 분이었습니다.

"네 아빠를 처음 만났을 때 양복을 입고 있었는데, 팔뚝이랑 장딴지가 이만해서 양복이 터질 듯이 빵빵했어."

아빠는 근육 운동은 물론 축구, 테니스, 야구 등 모든 운동을 좋아하셨고 국제경기나 올림픽, 월드컵 중계가 있으면 밤을 새우며 열정적으로 응원하셨습니다.

퇴근길에 술을 마시고 오셔도 다음 날은 가벼운 운동이라도 꼭 하셨고 돌아가시기 전까지도 하루에 한두 시간 이상은 걷고 운동하셨습니다.

그런데 아빠의 운동신경과 취향을 물려받지 않았는지 저는 운동을 잘 못합니다. 아빠는 저에게 농구, 체조, 달리기 등 여러 운동을 가르쳐 주셨는데, 그중 하나가 자전거 타기였습니다. 동생들은 몇 번 가르쳐 주면 야무지게 잘 따라 했지만 유독 저만은 그러지 못했습니다.

"아빠가 여기서 기다리고 있을게. 이렇게 크게 한 바퀴 타고 아빠한테 오는 거야."

"네에!"

하지만 시간이 한참 지나도 돌아오지 않아 아빠가 초조해할 때쯤 저는 넘어져서 어깨고 무릎이고 다 까진 채 펑펑 울며 등장했습니다.

"많이 아프고 놀랐지? 괜찮아! 다음엔 잘할 수 있을 거야. 그러니까 울지 마."

저를 달래 주시던 젊은 아빠의 모습이 유독 기억에 남습니다.

한번은 선반에서 화분이 떨어진 적이 있습니다.

"운동하는 사람은 반사 신경이 빨라야 해!"

평소 말씀이 허언이 아니었다는 듯 아빠는 잽싸게 화분을 낚아챘습니다. 다만 그게 선인장 화분이어서 아빠 손에 온통 가시가 박혔던 웃지 못할 기억도 있습니다.

아빠는 노래 부르는 것도 좋아하셨습니다. 우리 가족은 저녁이 되면 노래 대회를 열었는데, 아빠 손을 마이크 삼아 삼 남매가 돌아가면서 노래를 불렀습니다. 아빠의 애창곡은 '사랑해 당신을', '나그네 설움' 같은 곡이었습니다.

"한잔~ 술에 설움을~ 타서 마셔도~."

감정이입해서 부르던 아빠 목소리가 귓가에 들리는 듯합니다.

제가 대학에 가고 나서도 아빠는 퇴근길에 제 옷이며 화장품을 사다 주셨고, "주머니에 돈 없으면 기죽는다" 하시며 용돈 얼마라도 꼭 주머니에 챙겨 넣어 주셨습니다. 남대문시장에도 잘 가셨는데, 커다란 미제 치즈에 소스, 주전부리를 사 오셔서 자식들 집에 나눠 주셨고, 쌀 집에 이야기해서 쌀을 배달시켜 놓곤 하셨습니다.

"없어서 보내는 게 아니라 아빠 맘이다."

그렇게 아빠는 자식이 어렸을 때나 크고 나서나 늘 자상하고 따뜻하셨습니다. 그러나 당신께 쓰는 건 모두 절약하셨습니다. 아빠의 낡은 가방, 신발, 옷가지가 눈에 아른거립니다.

"나는 괜찮다. 잘들 있지? 나 신경 쓸 건 아무것도 없어."

항상 그 말씀뿐이었습니다.

늘 아낌없이 베풀어 주심에 감사하고 마음 깊이 사랑하는 아빠지만, 어릴 때부터 아빠가 술을 자주 드시고 담배를 많이 피우시던 것만큼은 참 싫었습니다. 아빠는 퇴근길에 술 한잔을 걸치시거나 집에서라도 꼭 약주를 하셨습니다. 그럴 때면 엄마는 아무 말 없이 아빠가 곁들여 드실 안주를 차리셨습니다. 잘 익은 김치를 넣고 볶은 돼지고기 두루치기 또는 돼지고기를 갈아 찰지게 치대 반죽한 동그랑땡, 노릇한 애호박전이나 고소한 동태전 같은 것들입니다. 엄마는 솜씨 좋은 할머니도 인정할 만큼 전을 예쁘게 부쳤습니다. 아빠는 묵묵히 티브이를 보시면서 그릇에 가지런히 놓인 전을 술 한잔과 함께 넘겼습니다. 그때 저는 잘 몰랐지만, 지친 아빠의 마음을 알아챈 엄마가 안주로나마 그 마음을 위로해 드렸던 것이겠지요.

"나는 권투 선수나 운동선수가 되고 싶었어."

이 말씀이 유독 맘에 남습니다. 당신도 꿈이 많고 뭔가 하고 싶은 것들이 많았을 텐데. 어느 날 애잔하게 들리던 아빠의 하모니카 소리가 다시금 귓가에 맴돕니다.

저는 가족의 응원 덕에 하고 싶은 일을 하며 살아가고 있지만, 살다 보면 힘든 일들이 예고도 없이 불쑥불쑥 찾아옵니다. 그럴 때면 힘없이 있다가도 자전거 타고 넘어져서 울 때 다독거리며 손을 잡아 일으켜 세워 주시던 아빠 모습이 생각납니다.

'그래, 울지 말고 일어서야지!'

힘든 날 저를 일어서게 하는 아빠의 모습입니다.

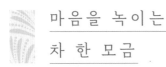

마음을 녹이는
차 한 모금

오랜 해외 생활 후 귀국한 저는 요리 교실을 열기로 마음먹었습니다. 한국에서 할 일이 필요했고 돈도 벌어야 했습니다. 장소는 제가 살고 있는 집. 제가 외국에서 배운 요리를 가르쳐 보기로 했습니다.

2010년 3월, 수업을 진행한 경험도 없고, 어떻게 해야 하는지 가르쳐 줄 사람도 없었지만, 일단 수강생을 모으려고 전단부터 만들었습니다. A4 용지에 '요리 배우고 싶은 분 모집!'이라고 쓰고 간단한 설명을 적었습니다. 종이 아래쪽에는 제 전화번호를 넣고 문어발처럼 잘랐습니다.

'이게 과연 될까?'

여기저기 게시판에 전단을 붙이고 다녔습니다. 가끔은 제 응원군인 엄마랑 여동생이 나서서 도와주었습니다.

40대 초반에 처음으로 시작한 제 일입니다. 혼자 뛰어다니면서 준비했습니다. 여러 시장을 돌아다니며 장을 보고 그릇을 사고 테이블보를 만들고 꽃 시장에 갔습니다. 산더미처럼 짐을 들고 다니는 건 힘든 일이었습니다. 사 온 재료로 밑 준비를 하고 켜켜이 쌓인 설거지까지, 물과 불 앞에서 오랜 시간 서서 일해야 해서 체력이 많이 소모되었지만 열심히 했습니다.

다행히 입소문이 나서 제 요리 교실에 하나둘 수강생이 찾아왔고 나중에는 자리가 없을 정도로 인기를 얻게 되었습니다. 각종 방송, 잡지에서 연락이 왔고 유명 문화센터와 행사에 초청되기 시작했습니다.

"네가 자랑스러워할 수 있는 사람이 될게."

아들에게 한 약속 덕분일까요. 요리 연구가, 푸드 스타일리스트, 푸드 디렉터 등 푸드 관련 분야 전문가가 되었습니다. 그리고 50세가 되었을 때는 회사라고는 다녀 본 적이 없는 제가 신입 사원이 되었습니다. 신입 사원이지만 회사에서 첫 여성 임원으로 입사했습니다. 오랜 세월 전문가로 활발히 활동해 온 경력을 인정받았기 때문입니다.

새로운 외식 브랜드 만드는 일을 총괄했는데, 아침 일찍 출퇴근하며 처음으로 회사원의 마음을 이해하게 되었습니다.

조직 생활은 쉽지 않았습니다. 좋은 분들도 계시지만 아랫사람에게 함부로 하는 상사도 있었습니다. 자신의 의견이 아무리 옳다고 생각해도 상사의 뜻을 따라야 하는 걸 보며 참 답답했습니다.

업무 외에도 힘든 일이 많았습니다. 러시아워에 오징어처럼 찌그러져 지하철로 출근하고, 지친 몸으로 퇴근해 집안일 조금 하면 벌써 자야 할 시간이었습니다. 그러고 나서 또 출근하고 퇴근하기를 반복하니 나 자신의 삶이 없어지는 것같이 느껴졌습니다.

아빠는 1964년 입사해 34년간 한 직장에 다니면서 삼 남매를 키우고 정년퇴직하셨습니다. '귀하는 입사해서 34년 동안…'이라고 적혀 있는 공로패를 보면서 생각에 잠겼습니다. 긴 세월 직장 생활을 하면서 힘들고 속상한 날이 얼마나 많았을까요. 3년 정도 직장 다니면서도 '스트레스가 너무 많아'라고 생각했는데, 무려 34년이나 한 가정의 생계를 책임진 아빠의 어깨에 짊어졌을 무게가 짐작도 되지 않습니다.

아빠는 그런 고단한 평일을 보내고도 시간을 내서 저희와 놀아 주셨습니다. 같이 잠자리를 잡고 자전거도 타고, 밖에서 뛰어놀기도 했습니다. 색종이로 종이접기도 하고 수수께끼에 그림 그리기, 온 방을 뒹굴며 권투에 레슬링까지 온몸으로 놀아 주셨습니다. 퇴근할 때는 돌아오는 길만도 피곤했을 텐데 늘 자식들 줄 간식을 사 오셨던 아빠. 제가 직장에 다니기 전에는 알지 못하던 아빠의 마음을, 그 다정함과 사랑을 그제야 느꼈습니다.

아빠가 속상함을 재우던 한잔의 술 대신 저는 한잔의 따스한 차로 마음을 녹여 봅니다. 스콘이나 빅토리아 케이크 같은 티 푸드를 구워 잘 어울리는 차를 곁들입니다. 코끝에 은은하게 맴도는 부드러운 차의 향기, 손끝을 데워 주는 포근한 찻잔의 온기를 좋아합니다. 아들에게 선물 받은 찻잔 세트에 좋아하는 차를 우려내 마셔 봅니다. 아빠가 술 한 모금에 근심을 넘겼듯 저도 차 한 모금에 복잡한 생각을 날리고 마음의 평온을 찾아봅니다.

내
앞치마

검은색에 하얀색 실로 R 자가 새겨져 있는 앞치마. 엄마는 그 앞치마를 두르고 일하는 딸의 모습을 늘 자랑스러워하며 응원하셨습니다. 저는 요즘도 가끔 엄마가 제게 남긴 글귀 중 '참 잘 어울리는 앞치마, 멋진 모습 최고!'라고 쓴 글을 꺼내 읽어 봅니다.

10년 정도 요리 강의나 행사를 할 때 혹은 방송에 출연할 때 언제나 저는 이 앞치마를 입고 활동했습니다. 제가 티브이에 나올 때면 엄마는 주위 사람들에게 우리 딸이 나온다고 알리셨고 누구보다 열심히 방송을 보셨습니다.

사실 저는 요리 연구가가 되거나 요리와 관련된 일을 하려고 요리를 배운 게 아니었습니다.

"리카! 일본어는 누구든지 공부해서 가니까 일본에 온 김에 또 다른 한 가지 좋은 것을 배워서 한국으로 돌아가렴."

일본에 살 때 저를 유독 아껴 주셨던 은사 니시야마 교수님의 한마디를 계기로 제과와 요리를 배웠습니다. 그때는 취미로 시작한 일이 평생 직업이 되리라고는 생각하지 못했습니다. 그 뒤로 여러 나라에서 살면서 그 나라의 문화를 경험하고 음식을 배웠습니다. 그렇게 수년간 축적된 경험이 지금 저만의 힘이 되어 주었습니다.

캐나다에서 우연히 들른 상점에서 R 자를 수놓은 앞치마를 발견했습니다. 지금 생각하면 운명 같은 만남이었습니다. 그 앞치마를 두르고 저를 위한 요리를 했고, 가족을 위한 요리를 만들었으며, 사람들에게 저만의 요리와 스타일링을 선보였습니다.

10년 넘게 사용한 앞치마는 이제는 많이 낡았습니다. 그래도 여전히 중요한 일을 할 때면 하얀 셔츠에 R 자가 새겨진 제 앞치마를 꼭 두릅니다.

누군가가 이 세상에 당신을 상징할 수 있는 물건을 하나만 남겨보라고 하면 전 제 앞치마라고 말할 것 같습니다. 평범한 주부에서 한 발한 발 나아가며 열심히 살았던 날들과 함께한 제 앞치마. 아들에게도 물려주고 싶은, 의미 있는 저의 유산입니다.

지친 날에는 기운차게 가라아게

가라아게는 일본식 닭튀김입니다. 튀김 반죽이며 조리법이 우리나라 치킨과는 조금 다릅니다. 지치고 힘이 없는 날에는 뜨끈 바삭한 튀김 요리를 추천합니다. 입안에 감도는 바삭한 튀김옷의 식감, 기름과 조화를 이루는 속재료의 맛은 술안주로도 잘 어울립니다. 오늘은 닭을 튀긴 가라아게를 소개하지만 문어나 대구 같은 해산물도 튀겨 먹으면 정말 맛있습니다.

◎ 재료 ―
닭고기 400g
간장 2큰술
미림 1큰술
생강즙 1쪽 분량
후춧가루 약간
박력분 4큰술
전분 4큰술
튀김용 기름 적당량

◎ 만드는 법 ―
1. 닭을 자른다.
2. 생강을 다진다.
3. 볼에 닭고기, 간장, 미림, 생강즙, 후춧가루를 넣어 재운다.
4. 위생 백에 박력분과 전분을 넣어 섞는다.
5. 위생 백에 재운 닭고기를 넣고 흔들어 튀김옷을 입힌다.
6. 170도에서 바삭하게 튀긴다.

Tip. 닭 정육으로 만들면 더 맛있지만 다른 부위를 활용해도 상관없다.

그 맛을 따라할 순

없어도

소박한 행복,
일본식 소고기덮밥

간단하고 맛있게 만들어 먹을 수 있는 게 뭘까 고민하다가 부엌에서 양파 한 망을 발견했습니다. 아들에게 말했습니다.

"오늘은 소고기로 규동 만들어 줄게."

규동은 일본식으로 만든 소고기덮밥입니다. 일본에 가면 좋은 호텔의 레스토랑이나 가이세키 요리집, 고급 스시집에 초대받거나 가는 일이 종종 있습니다. 그러나 혼자서 먹을 때는 저렴하고 맛있는 덮밥집이나 규동집을 찾곤 합니다. 카운터 테이블에 앉아서 식사하는 아저씨들과 회사원들 사이에서 규동 중간 사이즈를 주문해 계란과 생강절임, 시치미를 툭툭 뿌려서 먹습니다. 아들이 어렸을 때 가끔 함께 먹곤 했던 추억의 맛입니다. 고급 식당과 비교해 소박하지만 정겹습니다.

가끔 규동 같은 추억 속 외국 음식이 먹고 싶을 때가 있습니다. 요즘에는 꼭 외국으로 나가지 않아도 세계 각국의 요리를 쉽게 먹을 수 있습니다. 외국 음식을 다루는 식당이 많이 늘어난 데다 외국 식재료나 소스도 어지간한 건 마트에서 판매합니다. 거기에 밀키트도 잘 나오고 가정 간편식 상품도 다양해서 바로 데우거나 끓여서 먹기만 하면

되는 편리한 세상이 되었습니다.

규동도 밀키트나 소스를 구입해 쉽게 만들 수 있지만, 저는 추억을 떠올리며 소스부터 직접 만들어 먹곤 합니다. 제가 그동안 개발하고 정리한 레시피를 모아 둔 노트의 페이지를 넘겨 마음에 드는 레시피를 꺼냈습니다.

지금은 한식부터 외국의 다양한 음식으로 레시피 책이 빼곡하지만, 요리에 서툴러 고군분투하던 옛 시절이 떠오릅니다. 요즘처럼 쉽게 해외에서 연락할 수 없었던 시절이라 비싼 국제전화로 엄마에게 전화를 걸어 요리법을 묻거나 할 수 없었습니다. 일본에서 살던 30대 시절, 도쿄 집 부엌에서 '콩나물무침은, 잡채는 어떻게 하지?' 하면서 나름대로 여러 양념을 넣고 오랜 시간 조몰락거리곤 했습니다.

그런데 여러 나라에 살면서 다양한 요리를 접하고 배우니, 취미로 배운 요리가 점점 재미있어졌습니다. 그때는 이 일이 마흔 넘어 찾은 제 직업이 될 거라는 생각은 하지 못했습니다.

기업의 외식 컨설팅을 하면서 레시피와 상품을 개발할 때 제품 원가를 낮추기 위해 조금 더 저렴한 재료나 소스를 사용하는 경우를 종종 봅니다. 이런 저렴한 소스에는 많은 첨가물과 보존물이 들어 있습니다.

그러나 엄마가 만드는 집밥은 다릅니다. 기본 양념부터 재료까지 가격이 좀 더 비싸더라도 더 신선하고 몸에 좋은 걸 사려고 합니다. 사랑으로 건강한 음식을 만들기 때문이죠.

그래서 이제부터 맛있고 건강한 우리 집만의 특제 소스를 만들어 봅니다. 양파를 썰고 간장, 설탕, 맛술을 비율대로 섞어 소스를 만듭니다. 오늘은 더 맛있는 규동이 완성될 것 같습니다. 일본의 가게 앞을 지나갈 때 풍겨 오는 간장과 일본식 육수가 어우러진 냄새가 저희 집에서도 나기 시작합니다. 기왕 만드는 김에 미소 된장국도 끓여서 여행 온 기분으로 아들과 맛있는 점심을 먹으려 합니다. 소박하지만 건강한 한 그릇의 행복입니다.

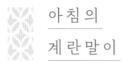

아침의
계란말이

미국에서 여러 일정 때문에 아들과 줄곧 현지 음식만 먹었습니다. 다양한 빵에 파스타, 샌드위치, 샐러드, 브런치, 고기 요리. 처음에는 잘 먹었고 매일 먹어도 질리지 않을 것 같았습니다. 그런데 보름 정도 지나니 한식이 그리워졌습니다. 따뜻한 밥! 김치! 찌개!

한 시간 정도 되는 거리를 달려 한식을 먹으러 갔습니다. 가격은 비싸고 음식도 아주 맛있진 않았지만 오랜만에 보는 따뜻한 하얀 쌀밥에 기뻐 김치찌개와 삼겹살을 허겁지겁 먹었습니다. 밥이 너무 소중했습니다.

피란길에 밥을 못 먹어 고생했다던 아빠의 말이 떠오릅니다. 한국만큼 "밥은 드셨어요?", "밥은 먹고 다녀라", "밥 한번 먹자"라는 밥 관련 안부 인사가 많은 곳도 없을 겁니다. 쌀이며 먹을 것이 참 귀한 시대가 있었는데, 어느 순간부터 밥의 소중함을 잊고 지내는 것 같습니다.

저희 엄마는 제가 학생일 때 늘 아침밥을 먹여서 학교에 보내셨습니다. 가족이 밥상에 둘러앉아 김이 모락모락 나는 갓 지은 밥과 알맞게 익은 김치, 보글보글 끓인 된장찌개, 노릇하게 구운 생선 한 마리, 제철 밑반찬을 나누는 것. 그 따뜻한 밥 한 그릇에 담긴 사랑과 정성을 먹으면서 성장했고, 그게 참 큰 행복이었다는 걸 느낍니다.

이제 다시는 엄마가 차려 주신 밥을 먹지 못하게 되어 얼마나 엄마 밥이 그리운지 모르겠습니다. 쪽파를 송송 썰어 넣고 노릇하게 구운 자국이 남은 큼직한 엄마의 계란말이가 눈앞에 그려집니다. 엄마를 닮아 저도 아들이 집에 있을 때면 꼭 찌개나 국을 끓이고 계란말이라도 해서 먹습니다.

당근과 버섯, 파를 다져 넣은 계란물을 사각 팬에 부어 노랗게 말아 냅니다. 신경 써서 만들고 싶은 날에는 국물을 내서 폭신하고 달콤한 일본식 계란말이를 만듭니다. '계란말이라도'라고 쉽게 말하긴 했지만 사실 거기에는 영양 가득한 계란으로 든든한 집밥을 만들겠다는 속뜻이 있습니다. 대충 차린 것 같아도 저마다 의미와 사랑이 담겨 있지요.

나를 위해 따끈한 밥을 차려 주는 사람이 있다는 것, 그게 얼마나 소중하고 힘이 되어 주는지 가족을 이어주는 집밥의 힘을 다시 한번 생각해 봅니다.

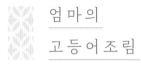

엄마의
고등어조림

엄마는 제 아들이 입대를 위해 논산훈련소로 가는 날, 손을 꽉 붙잡고 '우리 손자를 지켜 주세요'라고 눈물의 기도를 했습니다. 할머니보다 훨씬 키가 커진 손자는 짧게 깎은 머리를 숙여 할머니의 기도에 귀 기울였습니다.

건강했다면 논산이 아니라 더 먼 곳에 훈련소가 있어도 따라갔을 텐데 폐암 선고를 받으신 후에는 먼 길을 떠나기 어려워 그렇게 집에서 손자를 보내셨습니다.

엄마의 손자 사랑은 각별했습니다. 아들을 낳자마자 일본에 가게 된 제가 적응하는 동안 엄마가 한국에서 아들을 키워 주셨습니다. 저는 일본어를 하나도 못하는 상태에서 도쿄에 가서 대학 부설 일본어 학교에 다녔고, 천천히 그곳 생활에 적응해 갔습니다. 그 기간에 엄마와 아빠는 사랑과 정성으로 아들을 키워 주셨습니다. 기저귀도 일회용은 몸에 안 좋다고 천 기저귀를 쓰실 정도였습니다. 아들은 잘 먹고 잘 자며 무럭무럭 자랐습니다. 일본으로 아들을 데려온 뒤에도 엄마는 매일 새벽 손자를 위해 기도하셨습니다. 제가 일로 바쁠 때면 엄마가 꼭 아들을 챙겼습니다.

기도와 헌신적인 사랑 덕분인지 아이는 건강한 청년으로 성장했습니다. 180센티미터가 넘는 큰 키의 청년이 된 손자를 만나는 건 엄마의 가장 큰 기쁨이었습니다. 엄마의 생의 거의 마지막에 제게 보낸 휴대폰 메시지 속 '지금 손자와 같이 있어서 기쁘다. 제일 행복해'라는 글을 아직도 기억합니다.

종종 아들이 영어 성경책을 읽곤 하는데, 엄마가 돌아가신 후 아들에게 일어난 변화입니다.

'엄마가 보셨으면 얼마나 기뻐하셨을까. 아니, 보고 계실 거야.'

저도 힘들거나 우울한 날에는 조용히 찬송을 듣거나 성경을 몇 구절 읽습니다. 옛날에 엄마가 찬송을 켜 놓았을 때 '엄마는 왜 저런 걸 즐겨 듣지?' 했는데, 이제는 누가 시키지 않아도 제가 엄마를 따라 합니다.

아들과 자주 엄마 이야기를 나눕니다. 좋은 일이 있을 때면 "할머니가 계셨으면 제일 기뻐하셨을 거야", 맛있는 걸 먹을 때면 "할머니가 계셔서 같이 먹었으면 좋았겠다" 하고 말입니다. 감자채볶음이며 생선조림, 고등어구이나 굴비구이처럼 엄마가 아들에게 자주 해 주시던 음식을 먹을 때면 이건 "할머니가 정말 맛있게 해 주셨는데" 하고 추억합니다.

엄마가 만드시던 대로 고등어조림을 만들어 봅니다. 채소에 쌈 싸 먹는 걸 좋아하던 엄마처럼 깨끗이 씻은 상추 위에 하얀 쌀밥 한 숟갈을 얹고 통통한 고등어 살을 한 점 얹습니다. 그리고 푹 익은 김치에 양념이 잘 밴 무도 조각내 같이 얹습니다. 여기에 마늘과 쌈장까지 얹어 든든하게 쌈을 싸서 입안 가득 넣어 먹었습니다. 우물우물 씹을수록 기억 속의 맛이 퍼져 나갑니다. 아들은 할머니의 맛과는 다르다고 하겠지만 그래도 추억의 음식을 꼭 함께 나눠 먹고 싶습니다.

다른 세상에 있어도 마음은 연결될 수 있다고 생각합니다. 그것은 옛 사진으로도, 어느 날의 추억으로도, 음식의 맛으로도, 기억 속 향기로도 이어집니다. 언제까지라도 하나라는 생각으로 작은 위로를 해봅니다.

우리의
뒷모습

아들이 어릴 때 일입니다. 약속이 있어 화장을 하고 외출복으로 갈아입었습니다. 저를 지켜보던 아들이 눈을 반짝이며 말했습니다.

"우리 엄마는 공주님 같아."

어린 눈에도 엄마가 신경 써서 차려입은 날에는 다르게 보이는 모양이었습니다. 아들의 맑은 눈망울에 제가 비쳐 보였습니다. 제 눈에는 아이의 모습이 비치고 있었겠지요. 저는 집에서도 되도록 깔끔한 차림을 하고 행동에 신경 써야겠다고 생각했습니다.

제가 엄마의 뒷모습에서 많은 걸 배웠듯이요.

"신발은 가지런히 벗어 둬야 해."

어릴 때부터 엄마가 늘 하시던 말씀입니다. 그래서 우리 집 현관의 신발은 늘 가지런히 놓여 있었습니다.

그리고 엄마는 쟁반을 애용하셨습니다. 크고 작은 여러 개의 쟁반을 구비해 놓고, 과일을 깎거나 음식을 나를 때 항상 쟁반을 사용하셨습니다. 물잔도 컵 받침에 받치고 과일도 가지런히 깎아 예쁜 접시에 담아 주셨던 걸 기억합니다.

저도 기왕이면 누구에게든 음식을 낼 때 정성스레 담아내려고 합니다. 일본에서 오래 살며 아기자기하게 푸드 스타일링하는 걸 많이 보고 배웠지만, 어렸을 때 엄마가 하시는 걸 보고 자라면서 배운 게 더 클지도 모르겠습니다.

훌쩍 커서 유학길에 올라 혼자 살게 된 아들을 보며 밥을 잘 챙겨 먹을지 걱정했는데 괜한 우려였습니다.

"엄마, 오야코동은 어떻게 만들어?"

"저번에 만들어 준 규동 맛있었는데 어떻게 만든 거였어?"

"엄마가 알려 준 레시피로 불고기를 만들어 나눠 먹었더니 외국인 친구들에게도 정말 인기가 많았어!"

아들은 일본, 미국, 영국, 캐나다, 싱가포르까지 다양한 나라에서 살아서 그런지 가리는 것 없이 여러 나라의 음식들을 좋아합니다. 한국식 순두부찌개, 고등어구이도 좋아하지만 어린 시절을 보낸 일본의 쇼가야키, 니쿠자가, 카레라이스, 가끔씩은 싱가포르 국제 학교에 다니던 때 먹은 재스민라이스도 떠올리며 스스로 만들어 먹곤 합니다.

인스턴트 음식은 되도록 줄이려 했고 견과류, 채소류를 챙기고 가능한 한 직접 만든 균형 잡힌 식사를 하려 했습니다. 제게 연락해 레시피를 물어봤을 때는, 그대로 만들어 보고 후기를 꼭 들려주었습니다. 아들은 시장에서 장을 보고 음식을 만들어 함께 나눠 먹는 기쁨을 알게 된 듯합니다.

아들이 우리 집안의 음식을 궁금해하고, 그것을 공유하는 과정이 즐겁고 행복했습니다. 은연중에 제가 하는 걸 보고 배웠구나 하는 생각에 흐뭇해집니다. 아이는 부모의 뒷모습을 보고 자란다는 말에 저는 매우 공감합니다. 제가 부모님의 모습을 보고 배웠듯 아들이 기억하고 배울 제 모습도 궁금해집니다.

일을 하며, 일상에서 요리를 하며 다양한 조리 도구를 사용하곤 합니다. 요즘 부쩍 직접 만들어 먹는 요리에 흥미를 붙인 아들에게 가능한 많은 레시피와 활용법을 알려주려고 합니다. 그중 제철 재료와 레시피 못지않게 중요한 건 도구의 올바른 사용법! 제가 사용해 온 도구들을 언젠간 아들에게 물려줄 날을 기다려 봅니다.

아들이 만들어 준 카르보나라

아들은 기숙사에서 만난 여러 나라의 친구들에게서 그 나라의 간단한 요리를 배우거나 함께 먹는 일이 많은 모양입니다. 사 먹는 음식이 비싸니 요리를 하지 않던 친구들도 직접 만들어 먹는 경우가 많습니다. 파스타는 비교적 간단한 재료로 든든한 한 끼를 만들 수 있습니다. 아들이 기숙사 룸메이트에게 배운 카르보나라를 방학 때 한국에 들어와서 만들어 주었는데, 제법 맛있어서 소개합니다.

◎ 재료 —
파스타면 200g
베이컨 50g
계란 2~3개
파르메산 치즈 가루 50g
후춧가루 약간
파슬리 약간

◎ 만드는 법 —
1. 물 1L당 소금 10g을 넣어 끓인다.
2. 파스타 면을 끓는 물에 넣는다.
3. 팬에 잘게 썬 베이컨을 올리고 약한 불로 굽는다. 다 구워졌으면 불을 끄고 키친타월에 올려 기름을 조금 뺀다.
4. 계란 2개(조금 더 크리미한 맛을 원한다면 노른자 하나를 추가한다)를 풀어서 준비한다.
5. 계란에 파르메산 치즈 가루를 넣고 후춧가루를 적당량 뿌린 뒤 잘 섞는다.
6. 다 익은 파스타 면을 베이컨이 담긴 팬으로 옮겨 섞는다.
7. 파스타와 베이컨 위에 계란 소스를 뿌린 뒤 다시 한번 젓는다.
8. 파스타 면을 접시에 담고 기호에 맞게 파르메산 치즈와 후춧가루, 파슬리를 뿌린다.

맛의 기억으로

가득 찬 방

톡톡 터지는 굴화채와
추위를 날리는 하이면

아침 산책을 갔다 막 들어온 우리 집 강아지의 몸에서 겨울 냄새가 났습니다. 영하 15도나 되는 추운 날입니다. 통영의 겨울은 영하로 잘 떨어지지 않던데, 같은 나라지만 날씨가 서로 다른 것이 신기할 따름입니다. 늘 따뜻한 남쪽 동네에 살던 엄마와 추운 북쪽 동네에 살던 아빠. 두 분에게 고향과 다른 겨울의 추위가 어떻게 와닿았을지 새삼 궁금해집니다.

이렇게 추워지면 우리 집 빨간 주전자는 수증기를 내뿜으며 더운물을 하루에 몇 번씩 보글보글 끓이느라 바쁩니다.

저는 보들보들한 실내용 수면 바지를 입고 털이 푹신한 실내화를 신은 편안한 모습으로 나무 식탁 위에 굴을 하나 집어 들었습니다. 그러고는 엄지손가락으로 폭 찍어 굴껍질을 깠더니 금세 공기 중으로 확 퍼지는 새콤한 굴 냄새가 건조한 겨울 실내 공기를 가르며 코끝에 상큼함을 선물해 주었습니다.

어렸을 적 우리 집에는 굴 화분이 있었습니다. 엄마랑 같이 물을 주며 화분을 키우는 게 신기했고, 조금씩 자라 굴이 열렸을 때 우리는 모두 흥분했습니다.

굴이 잘 자라길 바라던 어느 날, 앙증맞은 굴이 세 알 정도 열매를 맺었습니다. 두근두근하는 마음으로 따서 동생들과 나눠 먹은 달콤하고 맛있던 그날의 굴 맛. 지금도 종종 이야기할 정도입니다.

제 생일은 굴이 많이 나오는 계절입니다. 생일 파티할 때 엄마는 굴 화채를 만들어 주셨습니다. 한 알 한 알 굴껍질을 까서 만들어주셨는데, 달콤한 굴화채를 먹으면 입에서 작은 굴 알갱이들이 톡톡 터지는 게 재미있었습니다.

일본에서 제과를 배우면서 쿠앵트로나 키르슈 같은 리큐어를 처음 사용해 봤습니다. 몇 방울 떨어뜨린 것만으로도 확연하게 고급스러운 풍미를 내는 것이 신기했습니다.

엄마의 화채는 그런 리큐어는 들어 있지 않지만 굴과 사과, 배에 사이다를 부어 예쁜 유리그릇에 담은 화채였습니다. 그 예쁜 화채를 받은 것만으로도 동화 속 공주님이 된 듯 기뻤습니다. 제게는 엄마가 주신 큰 선물이었습니다.

추운 날 즐겨 먹던 또 하나의 맛이 있습니다. 엄마는 부엌에 쪼그리고 앉아 김에 참기름을 펼쳐 바르고 앞뒤로 구워 소금을 싸라기눈처럼 솔솔 뿌리셨습니다. 그러고는 바삭해진 김을 몇 장 겹쳐서 잘라 통에 차곡차곡 겹쳐 넣으셨습니다.

김 굽는 날은 고소한 참기름 냄새가 작은 부엌을 가득 채웠고 저는 구운 김을 손가락과 입가 여기저기 묻히면서 몇 장씩 집어 날름 입에

넣습니다. 마트에서 파는 것과는 비교할 수 없이 고소하고 바삭한 김이었습니다.

엄마는 그 김으로 갓 지은 밥에 뭉쳐 주먹밥을 해 주시곤 했습니다. 하루는 엄마가 "누나들 가져다줘" 하고 막냇동생에게 주먹밥을 줬더니, "누나, 이거 엄마가 먹으래" 하고 스웨터 양쪽 주머니에서 주먹밥을 꺼내 제게 건네주던 기억이 납니다. 주먹밥에 스웨터의 털이 복실복실 붙어 있어서 "야아, 너 이게 뭐야!"라고 타박했던 일을 지금도 종종 동생들과 나누곤 합니다.

엄마는 추운 날에는 김을 부숴 넣어 하이면을 끓여 주셨습니다. 일본 우동 같은 면에 유부와 파, 당근 등 채소를 넣고 김 가루를 뿌려 주셨습니다. 우리 식구는 김 가루를 듬뿍 뿌리고 뜨거운 면을 후후 불며 하이면을 후루룩 맛있게 먹었습니다. 김이 국물 속에 퍼지며 짭조름하면서도 고소한 맛이 퍼져 나갔습니다.

지금보다 풍족한 시절을 아니었지만 하이면 국물 속에 가족의 단란했던 모습이 비치는 것 같습니다. 겨울의 추위를 날려 보내는 우리 추억의 맛입니다.

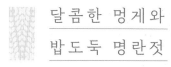

달콤한 멍게와
밥도둑 명란젓

부모님은 두 분 다 해물을 좋아하셨습니다. 가끔 멍게, 해삼 등을 사
오셨는데 어렸을 때 너무 이상하게 생긴 모습에 먹지 않으려 했습니
다. 엄마는 울퉁불퉁하고 못생긴 멍게를 능숙한 손놀림으로 손질하고
미끈미끈한 해삼은 썰어서 초고추장과 함께 상에 올려놓으셨습니다.

아빠는 모처럼 좋은 안주를 한 점씩 아껴 드셨고, 엄마는 멍게의 울
퉁불퉁한 빨간 껍질까지 입에 넣어 꼭꼭 씹어 드셨습니다.

엄마, 아빠가 먹어 보라고 재차 권하시면서 언젠가부터 우리 남매
도 멍게를 먹기 시작했습니다. 그러다 보니 물컹한 식감, 못생긴 모양
과 달리 오감을 자극하는 신기한 맛의 세계에 푹 빠져들었습니다. 그
리고 멍게 특유의 단맛과 감칠맛을 좋아하게 되었습니다. 멍게 몇 마
리로 온 가족이 나눠 먹었는데, 통영의 노포에서 멍게를 푸짐히 넣고
쓱쓱 비벼 먹으려니 호사스럽다는 생각이 들었습니다.

비싼 식재료가 아니더라도 정성으로 만들던 엄마의 음식, 멍게 한
쪽도 가족이 나눠 먹던 기억은 오랫동안 제 마음속에 남아 있겠지요.

또 하나 멍게와 함께 생각나는 건 가족이 모두 좋아했던 명란젓입니

다. 엄마도 아빠도 젓갈을 좋아하셔서 어려서부터 젓갈을 자주 먹었습니다. 엄마는 호불호가 나뉠 수 있는 진한 맛의 갈치속젓도 맛있게 드셨고 아빠는 낙지젓, 창난젓, 어리굴젓 등을 좋아하셨습니다. 통영 시장에서 여러 종류의 젓갈이 산더미처럼 진열되어 있는 걸 보니 엄마가 왜 그렇게 젓갈을 좋아하셨는지 한번에 이해가 되었습니다.

명란젓은 가족 모두가 좋아해서 갓 지은 하얀 밥과 함께 먹으면 밥도둑이었습니다. 참기름과 깨를 조금 뿌린 명란젓이 반찬으로 나오면 온 가족이 행복했습니다.

멍게와 명란 모두 그냥 먹어도 맛있지만 채소와 참기름 등을 넣어 밥에 싹싹 비벼 먹으면 더 맛있습니다. 이번에 통영에서 사 온 김과 방풍 잎, 가사리를 넣어 멍게비빔밥을 만들어 먹었습니다. 고추장 양념 없이 참기름과 어간장을 약간 넣어 비볐을 뿐인데 꿀맛이었습니다. 다음에 입맛 없을 때 한 그릇 뚝딱 만들어 먹어 봐야겠습니다.

문어가 듬뿍 쫄깃 부드러운 해물 영양밥

어딘가 허기지고 영양이 필요할 때 힘이 듬뿍 나는 든든한 영양밥을 만들어 보세요. 영양밥에는 기본 채소만 넣어도 맛있지만 계절에 따라, 취향에 따라 다양한 재료를 넣으면 그 맛이며 영양이 더 풍부해집니다. 톳이나 죽순을 넣어도 좋고, 닭고기를 약간 넣어도 맛있습니다. 이번에는 해물을 듬뿍 넣어 만들어 볼게요.

◎ 재료 —
쌀 3인분(쌀 계량 컵 기준)
버섯 한 줌
당근 한 줌
다시마 한 줌
취향에 따라 원하는 해물 적당량(자숙 문어, 홍합살, 전복 등)
다시마 육수나 가쓰오부시 육수 550ml
또는 물 550ml에 혼다시 1작은술

◎ 양념 재료 —
간장 2큰술
청주 1큰술
미림 1큰술
소금 1/3 작은술

◎ 만드는 법 —
1. 쌀은 씻어서 체에 건져 물기를 뺀다.
2. 다시마, 당근, 버섯은 먹기 좋은 사이즈로 자른다.
3. 전기밥솥에 쌀과 재료, 분량의 육수, 분량의 양념을 넣고 밥을 안친다.

기운 내!
보글보글 토마토 스튜

어릴 적 엄마가 설탕에 살짝 절여 준 토마토는 참 맛있었습니다. 짧은 시간 사이에 토마토 과육이 쫀득해져서 식감도 좋았고 달달한 맛에 계속 생각이 났습니다. 아빠도 토마토를 좋아하셔서 가족이 함께 설탕 절인 토마토를 맛있게 먹었습니다.

요즘 저는 토마토로 주스를 만들기도 하고 샐러드에 넣거나 토마토 카레, 소고기를 듬뿍 넣은 토마토 스튜도 자주 만들어 먹습니다.

컨디션이 별로 안 좋은 날에는 그냥 가만히 누워 있기보다 조금이라도 뭔가를 만들고 움직이면 기운이 납니다. 그래서 장을 봐 와서 스튜를 만들었습니다.

좋아하는 음악을 켜 놓고 요리하는 시간이 참 좋습니다. 채소와 고기를 씻고 잘라서 밑 준비를 한 뒤 냄비에 버터와 엑스트라 버진 올리브 오일을 듬뿍 넣은 다음 마늘을 넣어 볶습니다. 소고기를 넣고 감자, 양파, 브로콜리, 버섯 등 채소와 붉은 토마토를 듬뿍 넣은 후 물과 스톡을 넣어 카레를 만들 듯 뭉근히 끓입니다. 채소와 고기가 어느 정도 익으면 토마토소스를 넣고 레드 와인도 조르륵 따라 넣어 줍니다.

냄비 안에 보글보글 스튜가 끓는 날은 영양식을 먹는 날! 벌써부터 몸이 든든해지는 듯한 기분입니다.

토마토를 넣은 스튜를 만들 때 중요한 건 토마토의 신맛을 잡아 주는 것입니다. 간을 보고 설탕이나 꿀을 약간 넣은 뒤 우스터 소스나 토마토 페이스트가 없다면 집에 있는 케첩, 돈가스 소스를 약간 넣어 줘도 감칠맛이 배가됩니다. 마지막으로 소금, 후춧가루, 파슬리 가루나 집에 있는 허브를 뿌리면 완성입니다!

보통은 집 근처에서 바게트 같은 프랑스 빵을 사 와서 함께 먹곤 하는데, 오늘은 기내식으로 먹었던 토마토 스튜가 생각나 푸실리를 곁들였습니다.

푸실리는 살짝 삶은 뒤 팬에 버터, 소금, 허브 가루를 넣고 볶습니다. 완성된 비프 토마토 스튜와 푸실리로 든든한 식사를 했습니다.

만드는 동안에도 행복했고 먹는 동안에도 행복해서 만들기 전에 가라앉았던 기분은 날아가고 어느새 기운이 퐁퐁 솟아납니다.

스튜는 냄비에 가득 만들어 가족이 둘러앉아 함께 나눠 먹기 좋습니다. 혼자라면 몇 끼에 나눠 먹어도 좋고, 와인을 곁들인 특별한 식사를 대접해야 할 때도 잘 어울립니다. 무엇보다 힘든 일로 우울해하는 친구나 가족에게 보글보글 정성 담아 끓여 "기운 내"라며 선물하고 싶은 한 그릇입니다.

폭신폭신 카스텔라와
토끼 사과

누구나 저마다 소중한 추억을 보관해 둔 방이 있을 겁니다. 아끼고 아끼느라 자주 들여다보기 어려울 정도로 소중한 기억입니다. 힘들고 지친 날에는 크고 작은 수많은 추억의 방이 모여 있는 큰 성에 들어가 달칵달칵 열쇠를 돌려 방을 하나둘 열어 봅니다.

어떤 방에서는 젊은 엄마와 아빠가 아기인 저를 안고 목욕시킨 후 자장가를 불러 주고, 또 어떤 방에는 어렸을 때 가지고 놀던 장난감이 쌓여 있습니다. 16년을 함께하다 무지개다리를 건넌 가족, 시추 찌찌와 봄날 벚꽃길을 산책하던 추억도, 일본의 유치원 버스 정류장에서 어린 아들을 기다리던 순간도 소중한 추억입니다.

엄마가 만들어 주시던 간식으로 가득한 방도 있습니다. 간식 중에서는 엄마표 카스텔라를 빼놓을 수 없습니다. 집에는 주황색 우주선처럼 생긴 동그란 전기 파티 쿠커가 있었습니다. 엄마는 계란을 듬뿍 넣어 카스텔라를 만들어 주셨습니다. 카스텔라가 익어 가면 달달한 냄새가 진동했습니다.

갓 만든 따뜻한 엄마표 카스텔라는 입안에서 살살 녹았습니다. 엄마는 할아버지 댁에 갈 때도 카스텔라를 만들어서 가곤 하셨습니다. 지금도 우리 남매는 엄마표 카스텔라 이야기를 나누곤 합니다.

엄마가 챙겨 주면 과일도 남달랐습니다. 사과 껍질을 모두 깎지 않고 남겨서 토끼 모양으로 깎아 주셨는데, 저와 여동생은 사과 토끼 두 마리를 들고 놀았습니다.

추억은 시간이 흘러도 사라지지 않고 이렇게 소중히 보관되고 있는 것 같습니다. 점점 나이가 들어 가면서 그리운 것들이 너무 많아져 금방 떠올리지 못할 뿐이죠. 실제로 이런 추억의 방이 존재한다면 한번 가보고 싶다는 즐거운 상상을 해 봅니다.

가을의 향긋한 사과 도넛

어릴 때 엄마가 토끼 모양으로 잘라 주신 사과가 오래 기억에 남아 있습니다. 가끔 사과에 버터와 설탕을 넣고 졸여 시나몬 가루를 뿌려 드시기도 했습니다. 엄마가 좋아하시던 계피 향이 지금도 코끝에 맴돕니다.

◎ 재료 —
사과 1/2개(약 90~100g)
핫케이크 믹스 150~160g
계란 1개
우유 1큰술
반죽용 식용유 2/3큰술
튀김용 식용유 적당량
도넛 반죽용 설탕 1작은술
다진 사과용 설탕 적당량
도넛 토핑용 설탕 적당량
시나몬 가루 1작은술(선택)

Tip. 우유나 핫케이크 믹스는 반죽
상태를 보면서 가감한다.
160도는 기름에 젓가락을 넣었을 때
작은 거품이 조금씩 올라올 정도다.
튀김 반죽은 스푼 2개를 활용하면
편하다. 하나의 스푼으로 반죽을 뜨고
남은 한 스푼으로 둥글게 모양을 만들며
기름에 넣으면 된다. 가루류를 더 넣고
손으로 원하는 모양으로 반죽해서
튀겨도 된다.

◎ 만드는 법 —
1. 사과는 잘게 잘라 설탕을 약간 뿌린 뒤
   내열 용기에 넣어 전자레인지에 1분
   정도 돌린다.
2. 시나몬 가루를 취향에 맞게 뿌려서
   섞은 후 식혀준다.
3. 다른 볼에 식용유, 계란, 설탕
   1작은술을 넣어 섞는다.
4. 반죽이 잘 섞이면 1의 사과를 넣은 뒤
   핫케이크 믹스 가루를 2~3번 나눠
   넣고 잘 섞는다.
5. 팬에 기름을 2~3센티미터 정도 되게
   부은 뒤 160도에서 반죽을
   노릇노릇하게 튀긴다.
6. 도넛이 뜨거울 때 설탕과 시나몬
   가루(선택)를 묻힌다.

귤빛 보석 같은
마멀레이드

저는 오전에 햇살이 떨어지는 창가에 앉아 시간 보내는 것을 참 좋아합니다. 홍차를 내리고 마멀레이드를 토스트에 발라 함께 먹으면 그 시간이 더욱 즐거워집니다. 여러 종류의 잼을 즐겨 드시던 부모님을 닮아 저도 잼을 좋아합니다.

엄마는 옛날부터 마멀레이드를 즐겨 드셨습니다. 맛있기도 했지만 굉장히 예뻐 보여서 더 좋아하기도 했습니다. 젤리처럼 약간 투명한 귤빛 잼 사이로 노란색 껍질이 섞여 있는 게 알록달록 예뻤습니다.

통관 일로 일본을 자주 왕래한 외할아버지 덕에 엄마와 이모는 금귤이나 나쓰미캉(하귤) 같은 과일을 자주 드셨다고 하는데, 그래서인지 엄마는 새콤하고 상큼한 과일, 그리고 그것으로 만든 잼도 참 좋아하셨습니다.

1938년생인 아빠는 옛날 분이지만 토스트를 즐겨 드셨고 치즈나 계란, 딸기잼 발라 먹는 걸 좋아하셨습니다. 그래서 엄마는 집에 잼이 떨어지지 않게 딸기 등 제철 과일로 잼을 만드셨지요. 딸기로 만들 때는 달콤한 딸기 향이, 금귤이나 오렌지로 만들 때는 상큼한 시트러스

향이 기분 좋게 했습니다.

 앞으로도 마멀레이드를 보면 과일을 보글보글 졸이던 엄마가 생각
날 것 같습니다. 통영에서 봄날 시장 아주머니들이 바구니 가득 금귤
을 담아 팔고 있었습니다. 올해 통영에 방문할 때는 한 바구니 사서 내
나름대로 마멀레이드를 맛있게 만들어 볼까 합니다.

물 한잔도 예쁜 컵에 따라 허투루 내지 않던 엄마를 닮아 저도 예쁘고
귀여운 그릇들을 좋아합니다. 일본에서 살 때, 엄마와 여행을 하며
하나둘 수집한 젓가락 받침입니다. 무엇이든 소중히 대접하고,
대접받았으면 하는 마음. 저와 가족의 이야기가 담겨 있습니다.

겨울 추위를 데우는

향기

엄마를 위한
다과상

아침부터 분주했습니다. 이것저것 집안일을 하다 보니 벌써 점심시간이 다 되어 갑니다. 집안일이라는 게 손은 많이 가는데 표가 잘 나지 않고 시간도 훌쩍 지나갑니다.

빨래를 널면서 옛날 우리 집을 떠올립니다. 옛날은 지금처럼 좋은 세제가 있었던 것도 아니고 가전제품도 다양하고 편리하지 않았습니다. 엄마가 쓰던 옛날 세탁기는 빨래하는 곳과 탈수하는 곳이 분리되어 있었습니다. 빨랫감을 조금 많이 넣고 탈수를 하면 세탁기가 우당탕탕 요동쳤던 기억이 납니다. 탈수기를 열면 빨래가 뒤엉켜 있어 엄마는 빨래를 하나하나 분리해 펴서 널었습니다.

엄마가 쪼그리고 앉아 삼 남매의 운동화와 실내화를 솔로 박박 문지르고 계셨던 모습도 떠오릅니다. 그 시절 신발은 늘 손수 빨아야 했습니다.

빨래는 늘 잘 걸어 다림질하셨습니다. 빨래에 보풀이 있으면 보풀을 하나하나 손으로 뜯어 옷을 말끔하게 정리했습니다. 구멍 난 양말도 꿰매고 바지 무릎은 엄마가 아플리케를 해 주셨습니다. 엄마의 고생 덕분에 저희 옷차림은 늘 말끔했습니다.

요즘같이 배송이 잘되는 시대도 아니어서 엄마는 장을 볼 때 늘 양손에 무거운 짐을 들고 오셨습니다. 멋모르던 어린 시절엔 '우리 엄마는 빼빼 말랐어도 힘이 정말 센가 보다'라고 생각했습니다.

엄마는 연탄을 갈아 식구들이 따뜻하게 씻을 물을 솥에 데워 두고 곤로 앞에 서서 요리를 하셨습니다.

바느질을 예쁘게 하고 자수도 잘 놓으셨던 엄마가 한복 만드는 걸 한번 배워 보고 싶다고 하셨던 기억이 납니다. 하지만 엄마는 끝내 한복 만드는 걸 배우지 못했습니다.

일을 쉬는 날 집안일을 하다 보면 '엄마 마음도 이랬을까?' 생각하는 때가 있습니다. 해도 해도 끝이 없는 집안일과 반복되는 매일, 가족 돌보느라 스스로를 돌볼 여유가 없는 삶. 엄마도 하고 싶은 게 참 많았을 텐데…. 엄마는 평생을 저희 삼 남매를 키워 내셨고, 그 사랑은 저희의 아이들에게도 이어졌습니다.

아빠는 약주 한잔으로 삶의 고단함을 달래셨지만 엄마는 그 지난한 삶을 어떻게 견뎌 냈을까요? 자신을 위하기보다 가족을 위해 음식을 하셨던 엄마에게 엄마만을 위한 음식을 대접하고 싶다는 생각이 듭니다. 아름답고 예쁜 걸 좋아하셨으니, 평소 엄마가 아끼시던 예쁜 그릇에 엄마가 좋아하시던 음식만 담아서 다과상을 차려 드리고 싶습니다.

동백꽃 모양의 화과자와 외할아버지가 자주 사 오셨던 상투과자, 진한 교토 말차로 만든 쿠키에 새우나 문어가 들어간 센베이를 아기자기하게 담아 볼까요? 평소 좋아하시던 커피 한잔과 함께 내가면 엄마는 '우리 딸' 하며 기뻐하셨겠죠. 엄마 추억 속 요리가 다과상에 차려지면 그 속에 담긴 향수와 엄마를 사랑하는 우리의 마음에 엄마가 작은 위로를 얻지 않았을까 상상해 봅니다.

엄마에게 시간이 얼마 남지 않았다고 느낀 날, 저는 엄마에게 말했습니다.

"엄마 덕분에 우리 삼 남매가 태어났고, 손주도 다섯 명이나 세상에 태어났잖아. 너무 고마워."

다 꺼져 가는 마지막 불꽃처럼 기력이 없었던 엄마는 말 대신 고개를 끄덕이셨습니다. "나는 다시 태어나도 엄마 딸이야!"라고 누워 계신 엄마 얼굴에 제 얼굴을 가까이 대로 말했을 때 엄마는 마지막 힘까지 다해 "당연하지"라고 답하셨습니다. 엄마의 모든 날에, 생애에 감사합니다.

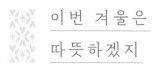

이번 겨울은
따뜻하겠지

갑자기 날씨가 하루 만에 쌀쌀해졌습니다. 찬 기운이 돌아 아침부터 따뜻한 게 마시고 싶어 포트에 물을 끓입니다. 보글보글 끓는 물소리. 따뜻한 차를 한잔 마시고 나서도 감기 기운이 있는지 몸이 으슬으슬합니다. 좀 더 따뜻하게 입어야겠다는 생각에 겨울옷을 정리해 두었던 옷장 속 박스를 열어 주섬주섬 옷을 꺼냈습니다.

'아 맞아. 이것도 있었지.'

스웨터랑 두꺼운 옷들을 꺼내다가 상자 맨 아래에서 회색 모직 장갑이 나왔습니다.

"손 시리다. 이거 끼고 다녀."

작년 겨울에 엄마가 주셨던 장갑입니다. 엄마는 이제 이 세상에 없는데 엄마가 주신 장갑이 툭 튀어나왔을 때 뭐라 말할 수 없는 기분이었습니다. '올겨울은 엄마가 주신 장갑을 내내 끼고 다니겠구나. 엄마의 따스함을 느낄 수 있겠다'라는 생각이 들었습니다.

추위를 많이 탔던 엄마는 장갑이나 스카프를 자주 사용하셨고 몸을 데워 주는 음료를 많이 마셨습니다. 보리차나 우엉차를 뜨끈하게 끓여서 마시고, 피곤하거나 몸이 안 좋을 때는 대추와 수삼, 꿀을 달여서 마셨습니다. 누룽지는 뜨뜻하게 만들어 드시고 식사할 때는 꼭 국을 팔팔 끓여 뜨끈한 국물을 함께 드셨습니다.

그래서 늘 딸이 추울까 봐, 딸이 따뜻하기를 바라는 마음뿐이었을 겁니다. 생강차를 끓이면 늘 우리 먼저 챙겨 주셨고, 따뜻한 차와 몸을 보온해 주는 숄이나 스카프를 제게 주고 싶어 하셨습니다.

"춥지? 이거 얼른 마셔. 그리고 이거 안에 받쳐 입으면 따뜻해. 한 번 입어 봐."

그때마다 "엄마, 괜찮아. 다음에 입을게" 하거나 "나 집에 비슷한 거 많아"라고 거절했습니다. 얼마나 어리석은 딸이었나 후회가 됩니다. 안 입더라도 "예쁘다. 고마워, 엄마" 하면서 가져올걸. 입은 모습도 보여 드릴걸. 그랬다면 엄마가 참 좋아하셨을 텐데. "엄마가 끓여 주는 차가 제일 맛있어!" 하며 챙겨 주시던 차도 표현하고 감사해하며 마실걸.

"몸을 따뜻하게 해 주는 음료를 자주 챙겨 먹어야 해. 그리고 목이랑 어깨를 따뜻하게 해 봐. 온몸이 따뜻해져."

엄마는 스카프와 숄, 모자를 멋지게 갖춰 입고 다니셨습니다. 저도 나이가 드니 추위도 더 잘 타고 몸도 예전 같지 않습니다. 날씨가 조금 더 추워지면 엄마 숄을 두르고 책상에 앉아 작업하거나 글을 쓰려고 합니다. 장갑, 스카프, 숄. 엄마의 몸에 둘렀던 것들이 이제는 저를 따스하게 감싸안아 줍니다. 이번 겨울은 따뜻하게 보낼 것 같습니다.

손이 시린 겨울날에는 단호박 수프

추운 겨울날에는 뜨끈한 음식이 떠오릅니다. 붕어빵이나 어묵, 호떡 같은 간식도 별미지만 움츠러든 몸과 마음을 온기로 채워 주는 데에는 수프만 한 음식이 없을 겁니다. 수프는 간단한 것 같아도 한 끗 차이로 맛이 많이 달라집니다. 저희 부모님도, 아들도 좋아했고 요리 수업을 하면서도 맛있다고 칭찬받은 단호박 수프 레시피를 공유합니다.

◎ 재료 ─
단호박 500g(씨와 껍질 제외)
양파 100g
물 600ml
우유 200ml(또는 우유 100ml+생크림 100ml)
가염 버터 10~15g
설탕 1큰술(또는 꿀, 단호박의 단맛에 따라 가감)
소금 약간

◎ 만드는 법 ─
1. 단호박은 껍질과 씨를 제거하고 노란 속살만 준비한다.
2. 양파는 얇게 슬라이스 한다.
3. 냄비에 버터를 넣고 단호박과 양파를 넣고 볶는다.
4. 3에 물을 넣어 끓인다.
5. 재료가 익으면 믹서로 간다.
6. 우유를 넣어 살짝 끓이면서 원하는 수프 농도를 맞춘다.
7. 마지막에 소금, 설탕(꿀)을 넣어 간을 맞춘다.

Tip. 좋은 버터를 사용하면 생크림을 넣지 않아도 맛있다.
단호박 자체의 단맛이 부족하다면 꿀이나 설탕을 약간 더해 준다.

생강과 계피의
온기

사람은 누구나 이 땅에서 자신에게 주어진 시간만큼 살다가 떠납니다. 주어진 시간 안에서 어떤 삶을 살지는 스스로의 몫입니다. 젊은 시절 저는 죽음을 생각할 이유도 없었고, 그런 계기도 없었습니다. 언제까지나 함께할 것 같았던 엄마가 떠난 뒤 통영에서 엄마의 흔적을 찾아다녔습니다. 그곳에서 기억 속 엄마의 말과 음식을 발견하며 마음의 위로를 얻고 서울로 돌아왔는데, 오래오래 건강하실 줄 알았던 아빠마저 갑자기 곁을 떠나셨습니다.

엄마, 아빠와 함께 살았던 모든 시간이 꿈같이 느껴지고 두 분이 이 세상에 계시지 않는다는 게 믿을 수 없었습니다. 갑작스레 맞은 두 번의 이별은 많은 걸 생각하게 했습니다.

사는 게 바쁘다는 핑계로 충분히 엄마, 아빠와 함께할 수 있는 일을 못 한 것 같아 후회되었습니다.

"너희는 잘 있지? 별일 없지?"

"바쁜데 올 필요 없다."

"전화 자꾸 해서 미안하다."

늘 우리를 걱정하던 아빠 목소리가 귓가에 맴돌았습니다. 그냥 자식들 얼굴 보고 함께 식사하는 걸 그렇게 좋아하셨는데, 조금 더 자주 자리하지 못한 게 마음에 걸립니다.

겨울색이 짙어지는 11월에 태어나신 아빠는 11월에 떠나셨습니다. 엄마는 아빠의 생신이 다가올 때쯤이면 생강, 대추, 계피를 넣어 달여서 건강한 차로 겨울을 단단하게 날 준비를 하셨습니다. 겨울이면 늘 집안을 채우던 냄새. 이제 더 이상 그 냄새가 나지 않습니다.

그래서 이제 제가 그 차를 끓입니다. 계피, 대추 향이 집 안을 가득 채우니 아빠, 엄마와 함께 있던 따뜻한 그때 기억이 납니다. 마치 두 분이 옆에 계신 듯 포근한 온기가 느껴집니다.

부모님을 생각하며 뭉근히 끓인 생강계피차

엄마는 생강과 계피를 아주 좋아하셨어요. 겨울에는 생강, 계피, 대추를 넣은 차를 늘 끓여 주셨지요. 그 차를 끓이는 날은 따스하고 좋은 향기가 가득들어찼습니다. 저는 지금도 가끔 지친 날 이 차를 끓여 마십니다.
끓인 원액을 잘 보관해 뒀다가 더운 날 얼음을 잔에 채우고 탄산수나 토닉워터 등으로 희석해 마셔 보세요. 레몬이나 민트 잎을 더하면 근사한 진저에일이 완성됩니다.

◎ 재료 ―
생강 400g
계피 50g
흑설탕 600g
물 2L

◎ 만드는 법 ―
1. 물에 분량의 재료를 한데 넣어 끓인다.
2. 양이 2/3로 줄어들 때까지 뭉근히 졸인 뒤 걸러 병에 보관한다.
3. 취향대로 원액을 희석해서 차나 에일로 마신다.

빛을 담은 그릇

친정에 가서 엄마가 아끼던 그릇을 정리했습니다. 엄마는 예쁜 그릇을 좋아하셨습니다. 여행 가서도 그곳 그릇을 사 오셨는데, 제가 초등학교 저학년일 때 구입한 블루 톤 그릇 세트는 지금까지 사용하고 있습니다. 이사 다닐 때 많이 깨지기도 하고 없어지기도 해서 커피 잔은 딱 하나 남았지만 저에게는 정말 소중한 그릇입니다.

지금은 사라진 부산의 도기 회사 '대한도기'라고 쓰여 있는 옛날 그릇부터 엄마가 좋아하던 파란색 수국이 그려진 그릇 등 손때 묻은 엄마의 그릇을 꺼내 보면 추억이 새록새록 살아납니다. 엄마는 꽃이나 벌 같은 무늬에 좋은 뜻이 담겨 있다고 말씀하시곤 했습니다. 여기에 잡채도 담고 김치도 담고 두부 요리에 과일까지, 거의 모든 요리를 담았습니다. 엄마가 일상에서 아끼던 그릇 중 하나입니다.

뿌옇게 변해 반짝임을 잃은 크리스털 잔과 그릇을 꺼내 깨끗이 씻었습니다. 슬픔을 씻어 내리는 듯 물소리가 요란하게 들렸습니다. 다 씻은 컵을 마른행주로 뽀득하게 닦자, 마치 그 옛날처럼 크리스털 그릇이 예쁘게 빛났습니다. 오후 햇살을 받아 반짝반짝 빛이 나서 눈이

부실 정도였습니다. 엄마, 아빠와 함께 이 잔과 그릇에 맛있는 것을 담아서 먹고 마시던 기억이 떠오릅니다.

제 찬장에 엄마의 그릇을 정리해 넣었습니다. 제 찬장은 크게 네 가지로 나뉘어 있습니다. 양식기를 넣어 두는 장과 한식기와 일본, 동양의 그릇을 넣은 장, 찻잔과 찻주전자같이 차와 관련된 용품을 넣은 장, 가족의 추억이나 시간이 묻어 있는 이야기가 있는 오래된 그릇을 보관하는 장입니다. 이번에 새로 엄마의 그릇이 들어가 자리를 잡았습니다. 엄마 찬장 속 그릇에 엄마의 삶과 역사가 담겼듯 이제 제 찬장에 엄마의 삶과 추억이 새로이 추가되었습니다.

그릇에는 저마다 용도와 구입할 때의 추억이 있습니다. 엄마가 쓰셨던 파란빛 도는 꽃 모양 유리그릇에는 샐러드를 담아 볼까 합니다. 여름에는 수박이나 과일을 담아도 시원해 보이고 잘 어울릴 것 같습니다.

예전에는 관심도 없던 늘 집에 있던 그릇인데, 지금 와서 보니 참 예쁩니다. 어린 시절 구슬치기할 때 쓰던 구슬 빛 같기도 합니다.

우리 가족의 이야기가 가족의 세월이 담긴 소중한 그릇과 제 요리와 어우러진다면 아름답겠지요. 이제 여기에 저의 추억을 새로이 쌓아 가려고 합니다. 엄마와 저의 그릇이 아들에게로, 그리고 또 그다음 세대로 전해진다면 더할 나위 없이 행복할 것 같습니다.

"오늘은 이 그릇에 무엇을 담아 볼까?"

생일날의
굴미역국

내일은 제 생일입니다. 많이 아프기 전까지 엄마는 제 생일이면 미역국을 끓여 주셨습니다. 그리고 부모님과 가족이 함께 둘러앉아 밥을 먹었습니다.

부모님이 돌아가시기 전 마지막으로 함께 맞이한 제 생일. 부모님 댁에 가서 작은 상을 차려 가족과 같이 밥을 먹었습니다. 마침 통영 굴을 팔기에 사 와서 함께 먹었습니다. 엄마도, 아빠도, 그리고 저도 굴을 참 좋아합니다. 좋아하는 굴을 양껏 먹을 수 있어서 즐거웠습니다.

엄마가 병원에 입원해 있을 때 식사를 만들어 가곤 했습니다. 엄마를 간호하던 아빠는 "너만 오면 저렇게 잘 드신다. 참 신기하네"라고 하셨습니다.

일반 식사를 할 때 드신 마지막 반찬은 제가 끓인 된장국과 생선구이, 그리고 통영 굴이었습니다. 한술 떠 드리면 바짝 마른 엄마는 눈을 감은 채 식탁에 앉아 한입 한입 받아 드셨습니다. 엄마는 정말이지 바다 내음 머금은 통영 굴을 좋아하셨습니다.

이제 또 새로 찾아온 생일을 앞두니, 소박한 한 상이었지만 제철 재료로 만든 맛있는 밥 한 끼를 같이 나누던 지난 생일의 행복이 떠오릅니다. 저를 위해 간절히 눈물을 흘리시며 기도해 주시던 엄마와 함께 케이크 촛불을 껐던 기억이 납니다.

엄마와 저는 52년간 생일을 함께할 수 있었습니다. 엄마는 제가 태어난 뒤로 '이 아이가 온유한 사람이 되게 하소서'라고 기도하셨습니다. 부나 명예, 지식이 아니라 '온유'라니. 예전의 저는 이 단어를 별로 좋아하지 않았습니다. 그런데 엄마를 떠나보내고 나서야 '이 복잡하고 어지러운 세상 속에서 온유한 사람으로 살아가는 건 가치 있는 일이겠구나'라는 생각이 들었습니다.

엄마는 이제 안 계셔서 쓸쓸한 기분도 들지만 앞으로도 생일날에는 엄마에게 배운 방식대로 미역국을 끓이려고 합니다. 소고기도 넣어 끓이고 가끔은 통영에서 사 온 굴까지 넣어 끓이면 더 특별하겠지요. 살다 보면 예상치 못한 힘든 날도, 눈물이 흐르는 날도 만나지만 온 가족이 함께 밥을 나눠 먹은 순간의 기억이 어려움을 이겨 내는 힘이 되어 주리라고 믿습니다.

다시 찾아온 봄,
가족을 위해 만든
봄날 식단

엄마가 돌아가신 뒤 통영에서 봄을 맞이하고 몇 달간 그곳에 머물렀습니다. 폐암으로 숨 쉬기 힘들어하시던 엄마가 푸른 바다를 보면 편한 숨을 내쉴 수 있지 않았을까 하는 생각을 하곤 했습니다. 저 역시 통영에서 편히 숨 쉴 수 있었습니다. 상실의 아픔을 견디고 새로운 희망을 가슴에 품었습니다. 그렇게 다시 일어서 서울로 돌아간 뒤 새로운 봄이 찾아왔을 때 또다시 슬픔이 몰려왔습니다.

"개구리가 잠에서 깨어 나온다는 경칩이 얼마 남지 않았어."

"올해 겨울 추위도 별거 아니야. 소한, 대한도 지났다고."

그토록 봄을 기다리던 아빠는, "내가 나이 먹고 아프면 새끼들 고생시키니까 아프지 말아야지" 하시며 겨우내 꾸준히 운동을 하시던 아빠는, 제게 늘 큰 존재였던 아빠는 봄이 시작되는 길목에 갑자기 뇌경색으로 쓰러지셨습니다. 평생 희로애락을 함께한 엄마를 떠나보내는 장례식날 눈물을 펑펑 쏟으시며 "내가 곧 따라갈게" 하시던 아빠는 마르고 여윈 모습으로 고생을 많이 하시다가 돌아가셨습니다. 세상이 무너지는 듯한 아픔에 큰 슬픔으로 가득 찬 시간을 보냈습니다.

시간이 흘러 아빠가 그토록 기다리던 새봄이 찾아왔습니다. 밖에는 개나리, 진달래, 벚꽃, 목련꽃이 흐드러지게 피었습니다. 봄꽃이 피면 엄마랑 진달래 꽃으로 화전을 부치고 벚꽃 절임으로 주먹밥을 만들던 기억이 납니다. 색이 참 예쁘다며 좋아하셨죠.

봄이 되니 우리 집 주방이 바빠집니다. 봄동과 한라봉을 넣어 샐러드를 만들고, 향긋한 쑥으로 된장국을 끓이고, 팬에 기름을 둘러 바삭노릇하게 쑥전도 부쳤습니다. 입안을 가득 채우는 그윽한 쑥 향이 얼마나 좋은지요. 달래도 새콤달콤하게 무치고 방풍 잎으로는 햇양파와 함께 장아찌를 만들었습니다. 방풍 잎의 향과 아삭아삭하고 달큰한 햇양파가 어우러져 상큼한 밥도둑이 되었습니다. 봄이 주는 선물이지요.

쑥된장국을 먹으면 엄마가 좋아하셨겠지 생각이 듭니다. 장아찌는 아빠가 좋아하시던 반찬입니다. 런던에서 공부하고 있는 아들도 빼놓을 수 없습니다.

쑥이며 봄나물에 봄 채소 장아찌도 잘 손질해서 보관해 두면 아들이 왔을 때 음식을 만들어 줄 수 있겠다는 생각이 듭니다. 봄이 도망가지 못하게 집 안에 보관해 두고 싶은 마음이 가득해서 이것저것 분주한 시간입니다.

"엄마 오늘 쑥국 끓였어! 짜잔!"

정리가 끝나고 아들에게 사진과 메시지를 보냈습니다.

"오! 쑥국! 맛있겠는걸? 할미랑 찌찌랑 옛날에 뒷동산 가서 쑥 따면 할미가 쑥국 끓여 주셨어. 할비도 쑥국 좋아하셨는데."

"어, 그랬구나! 봄날 아름다운 추억을 가지고 있구나."

아들의 마음속에 할머니, 할아버지와의 추억이 한 장면 간직되어 있는 걸 알게 되었습니다.

이런 봄날이 되면 더욱더 부모님이 그리워집니다. 이렇게 아름다운 봄이 찾아올 때마다 우리는 친정집 유품을 정리했습니다. 부모님이 하나하나 소중하게 여기시던 물건을 정리하는 건 여간 가슴 아픈 일이 아니었습니다. 엄마가 평생 아끼며 사용하시던 주방 살림과 옷가지, 아빠의 양복과 신발, 가방을 정리하다가 손때 묻은 아빠의 브라운색 가죽 끈 시계를 집어 들었습니다. 아빠의 시계 초침은 아무 일이 없었던 것처럼 계속 앞을 향해 움직이고만 있습니다.

꼭 간직하고 싶은 것 몇 가지는 추렸지만 우리 가족의 소중한 물건들이 없어지는 것 같아서 표현하기 어려운 쓸쓸함과 허전함을 느꼈습니다.

그렇지만 부모님은 슬픔을 잊지 못한 채 계속 울고 후회하기를 바라지 않으실 겁니다. 물건은 사라졌지만 부모님과 저만 알고 있는 소중한 기억과 따뜻함, 언제나 내 편이었고 아낌없이 주시던 사랑은 마음속에 남아 있습니다.

저도 50대 중반이 되기까지 어려운 일을 많이 겪었습니다. 세상 살다가 힘들고 고달플 때 '그냥 다 싫고 여기까지면 좋겠다'라고 포기하고 싶은 날도 있었습니다. 사람에 치이고 일에 쫓겨 바쁘게 살아가느라 진짜 소중한 가치가 무엇인지 잊어버리기도 했습니다.

그러나 부모님과의 이별로 많은 것을 깨달았습니다. 부모님의 사랑을 먹고 자란 저는 그 자체로 소중하고 빛나는, 가치있는 존재라는 것을, 부모님과 함께한 시간은 하늘에서 제게 주신 보물 같은 시간이었다는 것을 말입니다. 동백꽃이 만발한 통영 거리를 걷고 그곳의 음식을 먹으며 또 다른 삶의 가치가 제 가슴에 깊이 와닿았습니다.

이후 아침이 되면 기도를 하게 되었습니다. 오늘도 저에게 이렇게 하루를 주셔서 감사하다고.

"늘 감사하는 마음으로 최선을 다하는 선한 삶을 살아라."

부모님의 말씀을 떠올리며 늘 선하고 겸손하게 살아가려 합니다. 슬픔보다는 사랑을 가슴에 품고 앞으로 걸어나가려 합니다. 앞으로 다가올 날 중에도 포기하고 싶은 날도 있고 힘든 날도 있겠지만 부모님이 주신 사랑의 에너지가 봄 햇살처럼 가슴에 쌓여 저를 움직이게 합니다.

꿈을 가지고 노력하며 하루하루 살아 나가는 딸의 모습을 지켜보며 "역시 사랑하는 내 딸이야"라고 부모님이 멀리서 응원해 주실 거라 생각합니다. ◉

동백이 흐드러지게 핀 봄날
사랑하는 부모님을 그리면서 큰딸 올림

도서출판 남해의봄날. 로컬북스 30
이웃한 지역이라도 자세히 들여다보면 서로 다른 자연과 문화, 아름다움을 품고 있습니다. 독특한 개성을 간직한 크고 작은 도시의 매력, 그리고 지역에 애정을 갖고 뿌리내려 살아가는 사람들의 이야기를 남해의봄날이 하나씩 찾아내어 함께 나누겠습니다.

그 맛을 따라 할 순 없어도

초판 1쇄 펴낸날 2024년 4월 25일

지은이 리카
편집인 천혜란책임편집, 박소희
교정 이정현
마케팅 조윤나, 조용완
푸드 사진 에스턴제이 스튜디오
풍경 사진 장재윤
디자인 Studio Marzan 김성미
인쇄 미래상상

펴낸이 정은영편집인
펴낸곳 (주)남해의봄날, 경상남도 통영시 봉수로 64-5
전화 055-646-0512
팩스 055-646-0513
이메일 books@nambom.com
페이스북 /namhaebomnal
인스타그램 @namhaebomnal
블로그 blog.naver.com/namhaebomnal
ISBN 979-11-93027-29-5 03810 ©리카, 2024